KB264083

글쓰기를
철학하다

글쓰기를
철학하다

이남훈

평생 글 아닌 것으로 살아본 적 없는 작가. 한국외국어대학교 철학과를 졸업한 후 삶과 맞닿은 철학적 통찰을 전하는 글들을 집필했다. 유수의 경영 현장에서 수많은 CEO와 직장인을 만나 이야기를 듣고, 성장에서 성공으로, 소통에서 리더십으로 향하는 사유를 전하는 칼럼니스트로 활동했다. 저서로는 인문 분야의 베스트셀러이자 출간 직후 러시아, 베트남, 태국, 대만의 출판사에 저작권이 수출된 『좋은 사람 되려다 쉬운 사람 되지 마라』가 있으며, 고전에 대한 깊이 있는 분석으로 쓴 『사랑받기보다 차라리 두려운 존재가 되라』, 『처신』, 『사자소통, 네 글자로 끝내라』, 『공피고아』(공저) 등이 있다.

글쓰기를 철학하다

삶은 어떻게 글이 되고, 글은 어떻게 철학이 되는가

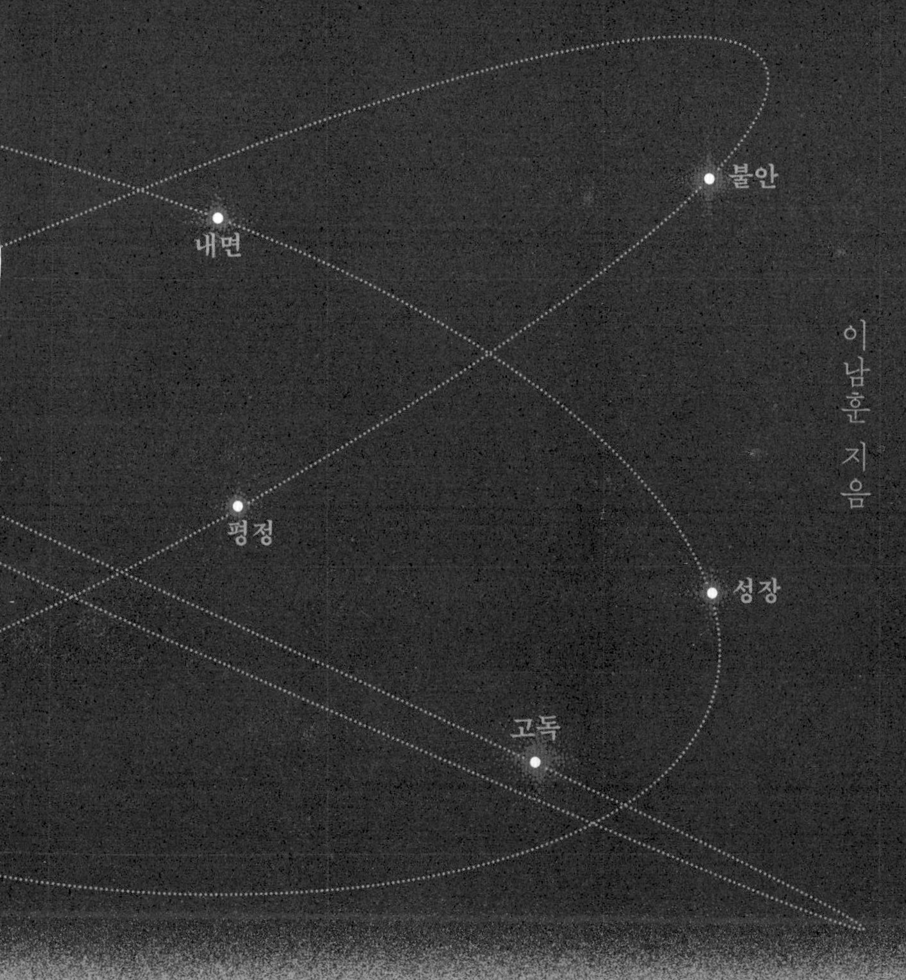

지음미디어

3장 여행의 철학 : 타인의 마음을 두루 살피는 법

소통과 교류의 만족감, 글쓰기는 사람을 애정하는 자의 철학이다

4장 반항의 철학 : 정해진 정답에 반문하는 법

상식에 맞서는 짜릿함, 글쓰기는 대세를 따르지 않는 삐딱한 자의 철학이다

평생 작가의 실전 글쓰기 팁

철학이 있는 글쓰기와
그냥 글쓰기는 완전히 다르다

사람들은 다양한 이유로 글을 쓴다. 누군가는 창작에 대한 열망이 있어서, 누군가는 자신의 전문적 지식으로 타인을 돕고 싶어서, 또 누군가는 자신을 치유하기 위해 글을 쓰기도 한다. 또 생계를 위해서 전업으로 글을 쓰는 경우도 있다. 그런데 이러한 글쓰기에서 자신만의 철학이 일관되게 유지되고 있느냐는 그 과정과 결과를 완전히 바꿔 놓는 역할을 한다. 이미 확고한 철학을 가진 사람은 글을 쓰는 중간중간 길을 잃지 않으며, 설사 잃었다고 하더라도 다시 제자리로 빠르게 돌아올 수가 있다. 또한 같은 주제의 글이라고 하더라도 그것이 독자에게 미치는 결과도 다르다. 어떤 글은 독자에게 힘 있는 메시지를 남기는가 하면, 또 어떤 글은 읽기는 했지만 딱히 남는 것이 없는 경우도 흔하다. 보통 독자들은 '글이 잘 읽힌다'거나 혹은 '잘 읽히지 않는다'는 평가를 하기도 하는데, 이 역시 철학에 의해 좌우된다. 독자의 마음을 두루 살피면서 눈높이를 맞추려는 소통의 철학이 부재하면, 자신의 지식만 자랑할 뿐 한 사람의 마음에 온전히 스며드는 글을 쓰기는 힘들기 때문이다. 한마디로 철학이 있는 글쓰기와 그냥 글쓰기는 완전히 다르다고 할 수 있다.

글쓰기를 조금은 더 편안하게 만들어 주는 방법

글쓰기의 철학이 특히 중요하고, 실전에서 매우 유용한 이유는 바로 '기준'이라는 것을 제시해 주기 때문이다. 글을 써 본 사람들이라면 누구나 느껴봤겠지만, 단단한 기준이 없다면 늘 혼란스럽고 괴로워진다. 내가 지금 쓰고 있는 게 맞는 건지, 내 개인적인 이야기를 어디까지 드러낼 것인지, 지금의 스토리가 제대로 흘러가고 있는지를 스스로 진단하기 힘들다. 거기다가 글을 읽는 사람마다 전부 다른 평가를 하기에 그때부터 '글쓰기는 정말 어렵다'고 토로하게 된다. 세부적인 사항에 들어가면 때로는 '멘붕' 상태에 이르게 되는 경우도 있다. 첫 문장은 어떻게 시작해야 하는지, 마지막 문장을 어떻게 갈무리해야 하는지까지도 마음에 걸린다. 이런 상태가 되면 글쓰기는 '고통의 바다'와 다름없다. 어떤 면에서는 이런 고통과 인내가 글쓰기에 도전하는 이유가 되기도 하고, 글을 완성했을 때의 환희를 증폭시키기도 한다. 하지만 결과가 아무리 만족스럽다고 해도 과정이 너무 힘들면 중간에 포기하게 되고, 재미를 찾지 못하면 끝까지 해내기가 힘든 법이다. 반면 그 힘든 과정이 조금이라도 수월해지면 글쓰기는 더욱 흥미진진하고 생산성 높은 작업이 된다. 바로 이것을 가능하게 하는 것이 글쓰기의 철학이다. 자신만의 기준이 생기기 때문에 속도와 기세가 더해지고 만족감도 향상된다. 더 나아가 글을 쓰는 시간은 그 누구의 방해도 없이 온전히 누리는 행복의 시간이 될 수 있다.

다만 철학이라고 하면 매우 복잡하거나 골치 아픈 것이라 생각할 수는 있겠지만, 실제로는 전혀 그렇지 않다.

간단하게 압축해 보자면 다음의 세 가지 과정으로 요약
할 수 있다.

1. 어떤 대상에 대해 생각을 하기 시작한다.

2. 정의를 내리거나 의미를 따진다.

3. 그에 따른 태도나 실천 방법을 결정한다.

2500년 전 고대 그리스에서 철학이 시작된 이후, 독일,
프랑스, 영미권에서 이루어진 모든 인류의 철학 행위들
이 크게 이 범주를 벗어나지 않는다. 철학의 대상은 이
세상에 존재하는 모든 것이다. 육체, 감각, 시간은 물론
이고, 더 확장되어 신神, 교육, 법 등이 대상이었다.

하지만 이토록 광범위하고 대단한 주제들만이 철학의
대상은 아니다. 사실 우리는 매일의 일상에서도 끊임없
이 철학을 하고 있다. '내 아이를 어떻게 양육할까?'라고
생각하면 양육 철학이 되고, '나의 인생을 회사에 헌신하
는 것이 과연 올바른 일일까?'라는 생각을 하면 그게 바
로 자신의 인생 철학이다. 그러니 글쓰기 철학이라는 것
을 어렵게 여길 필요는 없다. 글쓰기 자체에 대해 생각하

고, 정의하고, 의미를 따지고, 실천의 방법을 결정하는
일이다.

25년의 세월 동안 만들어진 글쓰기 철학

　나는 지난 25년 동안 글만 쓰면서 살아왔다. 대학 시절에 해 본 신문 배달이라든가, 맥줏집의 서빙 알바를 제외하고는, 이제까지 글쓰기가 아닌 다른 일을 통해서 돈을 벌어 본 적이 없다. 전업 작가에게는 주말이 딱히 특별한 의미가 없기에, 거의 매일매일 글과 함께 살아왔다고 볼 수 있다. 그럼에도 평범한 사람들과 크게 다르지 않게 살아올 수 있었던 것은 큰 행운이기도 했다. 또 최근에는 작가로서 좋은 소식도 있었다. 최근 작품인 『좋은 사람 되려다 쉬운 사람 되지 마라』의 출판 저작권이 4개국에 수출됐다. 대만, 베트남, 태국, 러시아 출판사들이 거의 동시에 저작권을 수입해 갔다. 이런 일은 내 인생에서도 처음 있는 일이고, 국내 출판계에서도 흔한 일은 아니다. 이런 성과와 더불어 작가로서 내 일상의 모습은 매우 편안해 보일 수도 있다. 회사에 출근해서 상사의 눈치도 보

지 않고, 힘든 육체노동도 하지 않기 때문이다. 하지만 글만 쓰면서 편하게 산다는 말을 들으면 참으로 억울하다. 그 이면에는 웬만한 직장인보다 더 힘든 일상이 존재하기 때문이다. 회사에 출근하지 않지만 내가 있는 모든 공간이 일터이고, 상사의 눈치는 보지 않을지언정, 수천, 수만 명에 달하는 독자의 눈높이를 맞춰야 한다. 육체노동을 하지 않는다고 하지만, 하루 종일 하게 되는 정신노동은 탈진의 수준이다. 거기다가 글을 쓰는 족족 명문장이 탄생할까? 절대 그렇지 않다. 확신을 가지고 써도 또다시 수정하기 일쑤다. 이런 생활을 1년 365일, 무려 25년 동안 해 왔다고 생각해 보라.

이런 이야기를 하는 것은 글쓰기에 대한 개인적인 고통을 토로하려고 하는 것이 아니다. 이 책에서 말하고자 하는 글쓰기 철학이 바로 이러한 수많은 나날을 견디면서 탄생한 것이라는 점이다.

북소리로서의 글쓰기

처음으로 글쓰기에 대한 철학적 정의를 내렸던 것은

대략 15년 전이었던 것 같다. 그때 나는 '글쓰기는 전쟁터의 북소리'라고 생각했다. 영화를 보면 군대가 전쟁터로 진격할 때 하늘을 진동시킬 듯한 북소리가 울려 퍼진다. 이 북소리는 병사들의 심장을 울리고 피를 솟구치게 만든다. 감정을 고양해 전투력을 한껏 끌어올리고, 온몸에 아드레날린이 뻗치게 한다.

우리의 삶도 전쟁터이니, 내가 쓰는 글은 삶에 대한 전투력을 드높이는 메시지여야 한다고 봤다. 힘없이 축 처진 어깨를 세울 수 있게 하고, 실망하고 좌절한 사람에게도 새로운 희망을 전하는, 그래서 결국 일어나 다시 뛰어갈 수 있도록 만드는 힘, 그것이 바로 '북소리로서의 글'이었다. 이러한 철학이 세워지자, 나의 글쓰기 방식도 전쟁터의 북소리에 맞춰졌다. 심장을 뛰게 하고 피를 솟구치게 만들어야 하는 글에서 화려한 미사여구와 감성적인 단어는 필요 없었다. 결론까지 주저리주저리 빙 둘러갈 하등의 이유도 없으며, 마치 적을 섬멸하듯 독자의 고민을 해결하기 위해 직진을 해야만 했다. 그런데 다양한 분야의 글을 쓰고, 또 세월이 흐르면서 이러한 철학만으로는 부족했다. 글이라는 세계 안에는 더 많은 스펙트럼

이 존재했고, 그 내부에는 생각지 못한 더 광범위한 것들이 담겨 있다. 이후에 또다시 많은 생각과 고민을 거쳐서 탄생한 글쓰기 철학이 바로 이 책에 오롯이 담겨 있는 내용이다.

글쓰기는 단순히 글을 쓰는 행위가 아니다

물론 '글쓰기의 철학'이라고 하면 여전히 추상적이거나 관념적인 이야기라고 생각할 수도 있다. 과연 글을 쓰는 데에 이 책이 실질적인 도움이 될 수 있을지 의심이 들수도 있다. 하지만 지금부터 이야기할 글쓰기 철학은 존재론이나 인식론과 같은 형이상학적 내용이 아니다. 그보다는 오류를 분석하고, 비판적인 사고를 통해서 방법을 수정해 나가는 도구로서의 철학에 좀 더 가깝다. 더구나 글쓰기는 관조하거나 감상하는 일이 아니라, 백지 위에 한 줄 한 줄 글자를 써 나가는 실천적인 행위이기도 하다. 따라서 머리에서는 글쓰기의 철학을 되새기고, 손으로는 이러한 철학들이 적용되는 여러 방법을 제안하려고 한다. 다만 실전 테크닉에 가까운 것들은 결국 스스로 경험을 통해서 만들어 내야만 한다. 누군가를 강가로 데려가 수영하는 방법을 알려줄 수는 있어도, 결국 양팔을 휘저어 강을 건너는 일은 본인이 할 수밖에 없다. 또한 스스로 익힌 실전의 감각이야말로, 평생 써먹을 수 있는 무기가 될 수 있다. 다만 이 책의 부록에서 좀 더 테크닉에 가까운 내용들도 담아 놓았으니, 글쓰기에 참고하면 실질적인 도움이 될 것이라고 본다.

본격적으로 책의 내용에 들어가기 전에 마지막으로 한 가지 염두에 둘 것이 있다. 그것은 바로 글쓰기는 단순히 '글을 쓰는 행위'에만 머무르지 않는다는 점이다. 겉으로는 그렇게 보일 수 있을지 모르지만, 실제로 글을 쓰는 사람은 무수한 도전 속에서 스스로를 변화시키는 과정을 거쳐야 한다. 자신의 마음속을 들여다보면서 감정을 조절해야 하고, 사람과 세상을 끊임없이 해석하는 고된 작업을 거치면서 유연한 시각을 갖춰야만 한다. 더 나아가 사람들과의 소통을 고민하고, 때로는 세상의 상식에 저항하면서 자신을 단련한다. 결국 글쓰기는 자신을 발전시키는 자기계발적 분야에 속하는 동시에, 숱한 지식과 지혜를 섭렵하면서 세상과 삶을 더 성숙하게 바라보는 성장의 과정이기도 하다. 그리고 바로 이러한 것들이 이 책에서 말하는 글쓰기 철학의 중요 내용이다.

　이 책이 여러분의 이러한 도전과 변화에 작은 도약의 계기가 될 수 있기를 기대한다.

이남훈

1장

창조의 철학

끊임없이 자신을
새로 쓰는 법

나는 교사가 아니다,
각성시키는 사람이다

– 프로스트

미국의 시인 로버트 프로스트Robert Frost는 '언론과 문학계의 노벨상'으로 불리는 퓰리처상을 네 차례나 수상한 거장이다. 그는 자신의 작품이 지닌 위상을 '각성'으로 규정했다. 이는 곧 글을 통해 누군가의 마음에 불꽃을 지피고, 생각과 행동의 변화를 일으킨다는 의미다. 분명히 글은 각성의 역할을 할 때 진정한 가치가 있다. 그것이 열정이든, 행복이든, 혹은 슬픔이든, 누군가의 마음에 새로운 것을 활활 불러일으켜야만 한다. 그런 점에서 글을 쓰는 자는 끊임없는 도전의 철학을 가져야 한다. 누군가의 머리를 일깨우고, 마음에 불을 지르기 위해서는 작가 자신이 우선으로 각성하고 들끓지 않으면 안 되기 때문이다. 바로 이러한 과정에서 글을 쓰는 사람은 스스로 변화와 창조의 즐거움을 느낄 수 있고, 그것이 계속해서 글을 쓰게 하는 원동력이 되어 준다.

당신의 글쓰기는
당신을 넘어서지 못한다

"춤추는 별을 탄생시키기 위해서는,
먼저 내면에 혼돈을 지니고 있어야 한다."
— 니체, 『차라투스트라는 이렇게 말했다』

무언가 새로운 것이 만들어지기 위해서는 반드시 기존의 것이 파괴되어야만 한다. 낡고 오래된 아파트를 그대로 두고 같은 자리에 새 아파트를 지을 수 없듯이, 나쁜 습관을 그대로 둔 채 새로운 습관을 익히기는 불가능하다. 그래서 창조와 탄생에는 반드시 파괴가 전제되어야만 한다. 글을 쓰는 과정도 마찬가지다. 흔히 글쓰기를 '창작'이라고 하는데, 이는 새로운 작품을 창조하는 것을 의미한다. 창작에도 마찬가지로 파괴가 전제되어야 하는데, 이때 파괴의 대상은 바로 글을 쓰는 그 자신이다. 기존에 자신이 하던 생각과 사고방식을 그대로 유지한 채 새로운 글을 쓴다는 것은 어불성설이다. 처음에야 몇 번 정도 쓸 수 있을지 몰라도 결국 고인 물에 갇힌 신세가 되고, 지속 가능한 글쓰기가 점점 어려워지게 된다. 따라서 글을 쓰는 사람들은 반드시 일상적 자기 파괴의 과정을 병행해야 한다.

자신을 파괴하는 사람

학생이 "너는 애초에 공부를 못하는 아이야."라는 말을 듣거나, 직장인이 "당신이 지금 하려는 이 프로젝트는 절대 성공할 수가 없습니다."라는 말을 들으면 어떨까? 제대로 시작하기도 전에 한계가 있다고 단정 지어 버린다면, 누구라도 기운이 빠지고 기분도 나빠질 것이다. 최종 성취의 여부와는 상관없이, 글쓰기에는 사실 이러한 한계가 존재한다. 즉, 현재의 자신을 넘어서는 그 이상의 글쓰기는 불가능하다는 이야기다. 평생 기발한 생각을 별로 해 보지 않은 사람이 갑자기 창의적인 글을 쓰는 것은 매우 어려운 일이고, 세상의 상식을 부정해 본 적 없는 사람이 도발적인 글을 쓴다는 것도 불가능에 가깝다. 그래서 글을 쓰려는 사람은 누구나 '사람들에게 감동을 주는 좋은 글을 쓰고 싶다'는 소망을 품겠지만, 생각만큼 실현되기가 녹록지는 않다.

이 한계를 매우 빠르고 효과적으로 넘어서는 방법이 바로 자신을 부수는 일이다. 새 아파트를 짓기 위해 오래된 아파트를 부수듯, 낡은 자신을 부수면 새로운 공간이 생기고, 기존에 없던 생각과 통찰이 떠오른다. 따라서 작가는 끊임없이 기존의 자신을 부정하며, 스스로를 파괴하는 사람이라고 할 수 있다.

다행스럽게도 이러한 자기 파괴는 '자기 재구축'의 가능성을 고스란히 품고 있다. 따라서 초기에 파괴의 과정만 성실히 해낸다면 누구나 자연스럽게 재구축될 수 있다. 상처가 나면 알아서 새살이 돋는 것과 같다. 파괴와 재구축은 직접 해 보면 꽤 매혹적인 일이다. 예기치 않게 삶의 활력을 얻을 수도 있고, 이제껏 맛보지 못한 신선한 경험을 하게 되기도 한다. 글쓰기를 잘하려다 인생까지 즐거워지는 다소 흥미진진한 일이 벌어질 수도 있다.

여행은 나를 부수는 과정

30대 중반에 처음 해외여행을 다녀온 뒤, 한동안은 거의 중독적으로 해외에 나갔다. 직장인이 아니기에 주로 장기 체류를 했고, 짧으면 한 달에서 길면 3개월까지 한 곳에서 머물렀다. 심지어 한국의 모든 짐을 다 정리하고 캐리어 하나와 노트북만 들고 생활한 적도 있다. 해외에서 도저히 비자를 더 연장할 길이 없을 때 비로소 잠깐 한국에 들어오기도 했다. 도대체 그 당시에 왜 그렇게 외국에 자주 나갔는지를 생각해 보면, 낯선 나라를 관찰할 때 받는 문화적 충격과 한국에서 형성됐던 기존의 생각이 무너지는 파격적인 자유로움 때문이었다. 그것은 즐거운 혼돈이자 새로운 생각들이 돋아나는 성장의 기쁨이기도 했다. 왜 우리와는 전혀 다른 태도와 문화가 생겼을까를 공부하고 추론하며 현지인들의 머릿속으로 들어가 보는 일은 상당한 사고력의 확장을 가져다주었다. 그 덕분에 글을 쓸 때도 기존과는 다른 관점으로 사고하고, 다른 메시지를 만들 수 있었다.

물론 여기에서의 여행은 지역 명소나, 맛집을 찾아다

니는 관광이 아니다. 사실 해외에 가면 그래도 하루이틀 정도는 체류하는 지역 인근의 유명 관광지를 가 볼 법도 하지만, 나는 거의 그러지 않았다. 비유하자면, 외국인이 서울에서 몇 달을 살면서 한번도 남산타워나 청계천, 명동에 가 보지 않은 것과 같다. 심지어 그 외국인이 청계천이나 명동이라는 이름조차 모른다면, 우리 한국인으로서는 다소 황당할 수도 있다. 다만 나는 현지인들과의 만남에 더 관심을 기울였다. 잠깐이라도 이야기를 해 보려 했고, 그들의 일상으로 들어가 보려고 했다. 가능하면 그들의 집에도 가서 어떻게 사는지도 느껴 보았다. 이 과정을 되풀이할수록 고정관념은 무수하게 깨졌고, 사람을 보는 관점도 다양해질 수 있었다.

한마디로 여행은 나를 부숴 버리고, 기존의 관념을 파괴해 나가는 과정이었다. 나중에 알게 된 사실이었지만, 실제로 사람이 낯선 공간에 노출되면 두뇌가 변하기 시작한다. 해마의 신경세포 생성이 촉진되고, 뇌의 기능을 회복하는데 결정적인 뇌 가소성도 증가한다고 한다. 심지어 도파민이 증가해 창의적으로 변할 수도 있다. 낯선 곳으로의 여행은 결국 내 두뇌를 재구축하는 일이었다.

춤추는 별의 탄생

물론 여행을 통해서만 자신을 재구축할 수 있는 건 아니다. 여행에서 할 수 있는 많은 것들을 지금 자신이 있는 곳에서도 얼마든지 실천해 볼 수 있다. 계기나 수단이 아니라 그 속에서 마주하는 본질이 중요하기 때문이다. 사실 어떤 면에서 우리는 같은 한국인이어도 서로에게 외국인이기도 하디. 도저히 상대방의 생각을 이해할 수 없는 경우도 많고, 겉으로는 비슷해 보이지만 모두 제각각 삶의 방식과 문화를 가지고 있다. 거기다 각자의 일상을 좌우하는 정서조차 천차만별이다. 그래서 중요한 것은 자신의 호불호를 잠시 접어두고, 상대방의 내면에 닿아 보려는 노력이다. 이해하기 어려운 생각과 행동조차도 상대와 대화하고 추론하며 그 심정을 직접 느껴봐야 한다. 특별한 전제나 고정관념 없이 상대가 왜 그런 생각을 하는지를 알아보는 것이다. 자신과는 정치적 이념이 전혀 다르더라도, 상대의 논리를 혐오 없이 진심으로 따라가 보려는 자세도 필요하다. '이상한 사람'이라고 단정하지 말고 '충분히 합리적인 사람'이라는 가정하에 그 세계관에 들어가 봐야 한다는 이야기다.

이 모든 과정은 이제까지의 자신과 완전히 다른 외부의 것들을 만나는 것이기에 혼란스러울 수도 있다. 하지만 포기하지 않고 계속해 나가면 결국 이제까지 유지했던 자신이 부서지면서 재건축되고, 사고가 확장되는 경험을 할 수 있다.

독일 철학자 프리드리히 니체는 그의 저서 『차라투스트라는 이렇게 말했다』에서 이렇게 썼다.

"춤추는 별을 탄생시키기 위해서는 먼저 내면에 혼돈을 지니고 있어야 한다."

이 혼돈의 과정을 통해 나 자신을 확장해야, 결국 내 글쓰기의 지평도 넓어진다. 그때 비로소 '당신의 글쓰기는 당신을 넘어서지 못한다'는 한계가 무색해질 수 있을 것이다.

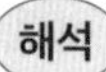

글쓰기는 생각을
건져 올리는 일이 아니다

"텍스트는 무한히 해석될 수 있지만,

　그렇다고 아무렇게나 해석할 수 있는 것은 아니다."

－움베르토 에코, 『해석의 한계』

보통 글쓰기를 '자신의 생각을 글로 풀어내는 행위'라고 정의하기도 하지만, 이렇게 단순하게 말할 수는 없다. 그러니까 글쓰기는 나의 머리에 담겨 있는 생각의 조각들을 한 움큼 푹 덜어내서 종이 위에 멋지게 플레이팅하는 작업이 아니라는 이야기다. 만약 글쓰기가 이런 식의 간단한 행위라면, 우리는 생각이라는 인풋을 집어넣고 글이라는 아웃풋을 건져 올리면 그만이다. 아마 양어장에서 낚시질하는 것만큼이나 쉬운 일일 것이다. 하지만 이는 글쓰기가 아닌 그저 정보의 나열에 불과하다. 그렇다면 이 둘 사이에는 어떤 결정적인 차이가 있을까? 그것은 바로 '해석'의 여부다. 사실 글을 쓰는 행위는 특정한 사안에 대해 끊임없이 해석하는 과정이며, 그중에서도 독자들이 고개를 끄덕일 수 있는 의미 있는 해석을 취사선택하는 일이다. 결국 글을 쓰겠다고 마음먹은 사람은 자신을 '무한한 해석의 바다'에 풀어놓는 일부터 시작해야만 한다.

암호 해독 문서가 또다시 암호문으로

고등학교 2학년의 나에게는 매우 확고한 종교적 세계관이 있었고, 그것을 진리라고 확신했었다. 그전까지만 해도 왜 이 세상과 인간이 존재해야 하는지를 몰라서 무척 답답해했다. 그런데 종교를 만나면서 그 모든 의문이 한번에 풀린 것이다. 왜 인간이 존재하는지, 그리고 인류의 시작과 종말에 관한 이야기가 구체적으로 일목요연하게 적혀 있었다. 그것은 정말로 기가 막힐 정도로 환상적인 설명이었다. 어떻게 이렇게 딱 맞아떨어지게 이 세상과 인간을 설명할 수 있을까? 더 나아가 내가 살면서 무엇을 해야 하는지, 그리고 그로 인해 어떤 보상을 받게 되는지도 매뉴얼처럼 똑 부러지게 적혀 있었다. 그 세계관 안에서는 모든 것이 평화롭고 안락했다. 마치 세상이라는 도저히 이해할 수 없는 암호문을 들고 있다가, 갑자기 암호 해독 문서를 손에 쥐고 환호하는 듯한 느낌이었다.

그런데 고등학교 3학년이 되어 철학책을 읽기 시작하고, 이후 대학에서 본격적으로 철학을 공부하면서부터 이야기가 달라지기 시작했다. 저마다의 철학자들이 자신의 주장과 논리를 진리라고 주장했으며, 이 세상을 나름의 방식대로 설명하는 학파들이 판도라의 상자에서 튀어나오기 시작했다. 거기다 각자 설명하는 방식이 천차만별이기는 해도, 상당수 그럴듯한 부분이 있는 것도 사실이었다. 프랑스 철학을 공부하다 보면 그게 전부인 것 같다가도, 동양 철학을 들여다보면 또 세상은 그들이 설명하는 방식으로 존재하고 있었다. 심지어 불가지론不可知論이라는 것도 있다. 인간은 자신의 감각과 경험의 배후에 있는 사물의 실체나 본질을 알 수 없다는 주장이다.

세상을 탐구하고 알기 위해서 철학을 하는 것인데, 그 최종적인 결론이 '알 수 없다'라니, 약간 황당하기도 했다. 하지만 인간의 이성으로 알 수 없는 것이 분명히 있으니, 이 불가지론의 결론조차 무시하기는 힘들었다.

철학의 세계에서는 너무 많은 해석이 있었고, 과연 진리라는 것이 진정 존재하는가에 대한 의심이 들었던 것도 사실이다. 그렇게 마치 영화의 한 장면처럼, 암호 해독 문서는 또다시 암호문으로 변하기 시작했다. 돌이켜 보면 당시엔 나도 모르게 한 가지 생각이 전제되어 있었다. 그것은 바로 '해석은 단일해야 하며, 그것이 완벽한 진리여야 한다'는 것이었다.

톨스토이의 후기 작품을 비판한 평론가들

세월이 흐르면서 단일한 해석과 진리를 추구하는 깃이 작가에게는 독毒이라는 사실을 깨달았다. 만약 하나의 신념을 너무 완고하게 믿고 지켜나가게 되면, 그 사람의 글은 천편일률적인 해석의 틀에서 빠져나올 수 없게 된다. 그러면 세상의 다양한 현상이 오히려 작가의 해석에 끼워 맞춰지고, 결과적으로 사물이나 현상이 가지고 있는 다양한 본질을 다채롭게 서술할 수가 없게 된다.

위대한 문학가라 불리는 톨스토이도 완고한 메시지로 비판받은 바 있다. 몇몇 평론가들은 그의 일부 후기 작품에 대해서 ‘톨스토이의 작품이 순수 문학성보다는 사상과 계도의 메시지가 지나치게 두드러진다’, ‘비정통적인 기독교의 색을 너무 강하게 드러낸다’, ‘문학이 아니라 설교에 불과하다’며 혹평을 남겼다. 물론 톨스토이가 옳으냐, 평론가들이 옳으냐는 여기에서 별로 의미가 없다. 중요한 건 그 어떤 작가든 단일한 해석의 틀을 고집하거나 특정한 관점을 유일한 진리라고 믿게 되면, 유연성이 떨어져 역동하는 현실을 제대로 보지 못할 수도 있다는 점이다.

뿐만 아니라 세상에 대한 다양한 해석은 글의 가치를 독보적으로 높여 주기도 한다. 예를 들어 독자의 시각에서 크게 벗어나지 않는 관점, 엇비슷한 해석을 답습하게 되면 호기심과 궁금증을 유발할 수 없게 되고 가치도 없다고 평가된다. 대부분의 사람이 ‘A는 B’라고 생각하고 있을 때 작가마저 그렇게 말한다면 어떤 새로운 의미가 있겠는가. 이는 마치 영화를 볼 때 상투적인 클리셰가 너무 많아서 몰입을 방해하고 흥미를 떨어뜨리는 것과 같다. 어디선가 들어본 듯한 대사와 예측 가능한 장면들이 이어질 때, 우리는 그 영화를 '진부하다'고 말하고 낮게 평가한다. 영화는 장면의 배치로 극을 이끌어 가지만, 글은 해석의 배치로 이어진다. 그래서 모두가 알고 있는 익숙한 해석에서 벗어나 낯선 해석, 다채로운 해석을 제시해야만 한다.

충돌을 견디는 훈련

다양한 해석을 위한 훈련 방법이 있다. 그것은 바로 자신의 원래 신념이나 생각과는 정반대의 글을 써 보는 훈련이다. 예를 들어 자신이 비록 '세상은 아름답고 희망이 넘치는 곳이다'라는 신념을 가지고 있다고 하더라도, 정반대로 '세상은 어둡고 절망적이며 비참하다'라는 주제의 글을 매우 논리적으로 써 내려가는 것이다. 심지어 자신이 매우 존경하는 인물에 대해, 마치 악의를 품은 사람처럼 악평의 글을 쓸 수도 있다. 물론 이 과정 자체는 매우 논리적이어야 하며, 다수 독자의 동의를 얻을 수 있을 정도가 되어야 한다. 이렇게 자신이 몰랐던 분야에 대해 글을 쓰기 위해서는 관련 조사를 해야 하고, 그 논리를 받아들이고, 임시적이나마 자신의 것으로 만드는 과정을 거쳐야 한다. 이러한 과정은 다소 불편할 수밖에 없다. 계속해서 논리의 충돌이 빚어지고 심리적인 긴장이 이어지기 때문이다. 그러나 이 훈련을 계속하다 보면 어느 순간 생각이 매우 유연해지고 다양한 해석을 할 수 있게 되는 것을 느낄 수 있다. 좋은 것이 나쁜 것이기도 하고, 한없이 선해 보였던 것이 사실은 악한 것이 되기도 한다. 물론 그 무엇이 진리인지는 알 수 없지만, 중요한 것은 다양한 해석을 해 보는 경험이며, 이를 통해서 현상의 여러 면을 감안하고 그것을 글쓰기에 활용할 수 있다는 점이다.

다만 해석이 다양할 수 있다고 해서 내 마음대로 해석해도 된다고 오해해서는 안 된다. 20세기 최고의 지성인 중 하나로 손꼽히는 움베르토 에코는 많은 작품을 통해서 자신만의 새로운 해석을 선보인 작가다. 그는 철학, 기호학, 해석학, 예술에 대한 수준 높은 관점으로 많은 창의적인 작품을 썼고, 그 스스로 해석의 중요성을 매우 강조했다. 하지만 그는 동시에 이런 말도 남겼다.

"텍스트는 무한히 해석될 수 있지만, 그렇다고 아무렇게나 해석할 수 있는 것은 아니다."

결국 작가는 다양한 해석을 하지만, 독자에게 충분히 도움이 될만한 의미와 가치가 있는 해석을 해야만 한다는 이야기다.

사실 글을 쓰는 사람이든, 그렇지 않은 사람들이든 끊임없이 해석을 해야만 살아갈 수 있다. 독일의 철학자이자 해석학의 대가로 불리는 한스 게오르크 가다머는 "이해는 해석이다."라는 말을 했다. 우리가 무엇인가를 이해한다는 것 자체가 이미 각자의 해석이라는 이야기다. 무엇인가를 보거나 들을 때, 혹은 어떤 의견에 고개를 끄덕이는 그 순간, 이미 해석은 시작되고 있다. 그래서 우리는 살면서 이 해석에서 절대로 벗어날 수가 없다. 다만 글을 쓰는 사람은 끝없이 자신의 해석을 바꿔 보고, 대체하고, 유연하게 만들어야만 하는 숙명을 지니고 있다.

문장의 훈련이 아니라,
영혼의 훈련이다

"글은 '손으로 생각하는 것'도 아니요,
'머리로 쓰는 것'도 아니다.
글은 온몸으로, 삶 전체로 쓰는 것이다."

─유시민, 『유시민의 글쓰기 특강』

'글은 가슴으로 써 내려가는 것이다'라는 말이 있다. 진정성과 솔직함, 혹은 공감을 토대로 쓴다는 의미일 것이다. 그런데 이렇게만 보기에는 다소 부족한 면이 많다. 진심으로 글쓰기를 좋아하는 사람이라면 대부분 진솔한 감정을 전하기 위해 애쓰기 마련이다. 저마다 전심전력을 다해서 글을 대하고, 또한 어떤 주제와 소재로 쓸지를 진지하게 고민한다. 업무나 잡일을 모두 처리한 후, 가장 글쓰기에 몰입할 수 있는 시간을 마련하는 것도 모두 이러한 진정성의 한 표현일 것이다. 그래서 우리는 여기에서 한 걸음 더 깊숙이 들어가 봐야 한다. 이러한 소중한 덕목들의 뒤편에 있는 또 하나의 묵직한 그 무엇인가가 글 전체를 장악하고 있기 때문이다. 결론적으로 말하자면, 그것은 글 쓰는 이의 내면이다. 그곳에 형성된 무엇인가가 활자를 통해서 드러나게 되고, 동시에 독자의 마음과 맞닿아 새로운 느낌, 생각, 감정을 만들어 내게 된다. 그런 점에서 먼저 자기 내면의 상태를 되돌아보고 인격적, 인간적 성장을 위한 노력을 기울여야 한다. 그리고 바로 이럴 때 비로소 작가의 내면과 글이 상호 작용을 하면서 발전하게 되고, 완성도를 한층 더 높여 나아갈 수 있다.

칸딘스키가 표현하려고 했던 것

러시아 화가인 바실리 칸딘스키는 추상화의 창시자로 알려져 있다. 지금의 우리에게는 '추상화'라는 말이 익숙하지만, 지금으로부터 120여 년 전인 1900년대 초반만 해도 추상화라는 화풍은 존재하지 않았다. 모든 그림의 목적은 대상을 재현하는 것이라고 믿었기 때문이다. 하지만 칸딘스키는 매우 파격적인 그림을 그리기 시작했다. 그는 추상적인 선, 형태, 색으로만 그림을 그렸으며, 심지어 음표와 각종 기호까지 넣기도 했다. 그의 그림을 보면 확실히 정확한 재현의 대상이 없는 것처럼 보인다. 과거의 화가들처럼 특정한 풍경이나 인물, 사물을 그리지 않았기 때문이다. 그는 훗날 자신의 저서에서 추상화를 시작한 이유에 대해서 이렇게 설명했다.

"나는 추상의 세계로 나아갈 수밖에 없었다."

그의 표현이 의미심장하다. 보통 예술가는 자신의 의지를 가지고 특정한 장르로 나아가는 것이 일반적이다. 예를 들면, 추상의 세계로 가겠다는 자발적인 열망이나 의지로 추상화를 시도하게 된다. 하지만 칸딘스키의 '나아갈 수밖에 없었다'라는 말은 그가 무엇인가에 의해 떠밀려서 갔다는 의미이다. 도대체 무엇이 그를 추상의 세계에 발 들이게 했던 것일까? 이에 대한 답은 그가 생을 마감하기 전 남긴 말에 담겨 있다.

"예술가는 그의 눈뿐만 아니라 영혼을 훈련해야 한다."

그가 재현하려고 했던 것은 풍경과 사물이 아닌, 자신

의 '영혼'이었다. 영혼이라는 말이 다소 모호하게 들릴 수 있지만, 이는 인간의 구성 요소 중 육체를 제외한 모든 것이라고 봐도 무방하다. 생각, 감정, 자아, 인격 등 언어로 표현될 수 있는 비물질적인 것을 통칭한다고 볼 수 있다. 좀 더 구체적인 용어로 표현하자면, '내면'이라고 할 수도 있겠다. 칸딘스키는 미세하게 떨리는 내면의 섬세한 진동과 충돌, 그리고 마음속을 떠다니던 정서들에 주목했다. 이를 표현하려다 보니 그가 선택할 수밖에 없었던 방식이 바로 추상화였던 셈이다. 결국 칸딘스키는 추상화라는 화풍을 개척한 화가라 볼 수도 있겠지만, 그림에 자신의 내면을 담으려고 했던 최초의 화가라고 볼 수 있다.

좋은 삶은 좋은 글이 된다

글쓰기에서도 작가의 내면은 무척 중요하다. 그것은 마치 식물이 자라는 땅과 같은 토대의 기능과 역할을 한다. 작가의 성숙한 내면이 전제되지 않으면, 그 글쓰기가 주는 위력은 현저하게 떨어질 수밖에 없다. 유시민 작가는 저서 『유시민의 글쓰기 특강』에서 이렇게 이야기하고 있다.

"다시 말하지만 글쓰기는 자신의 내면을 표현하는 행위다. 표현할 내면이 거칠고 황폐하면 좋은 글을 쓸 수 없다. 글을 써서 인정받고 존중받고 존경받고 싶다면 그에 어울리는 내면을 가져야 한다. 그런 내면을 가지려면 그에 맞게 살아야 한다. 글은 '손으로 생각하는 것'도 아니요, '머리로 쓰는 것'도 아니다. 글은 온몸으로, 삶 전체로 쓰는 것이다."

그의 말에서 주목해야 할 것은 바로 '온몸'과 '삶 전체'라는 단어이다. 글이란 단지 머리로만 쓰는 것도 아니고, 가슴으로만 쓰는 것도 아니다. 한마디로 자신의 모든 것이 투영되는 것이 바로 글이라는 의미이다. 유 작가는 자신의 말을 이렇게 조금 더 보충한다.

"쓰는 방법을 아무리 열심히 공부해도 내면에 표현할 가치가 있는 생각과 감정이 없으면 아무런 소용이 없다. 훌륭한 생각을 하고 사람다운 감정을 느끼면서 의미 있는 삶을 살아야 그런 삶과 어울리는 글을 쓸 수 있게 된다. … 기술만으로 쓴 글은 누구의 마음에도 안착하지 못한 채 허공을 떠돌다 사라질 뿐이다."

유 작가의 이야기를 듣다 보면, 글쓰기는 결코 만만한 작업이 아니다. 훌륭한 생각-사람다운 감정-의미 있는 삶을 먼저 구현해야 하기 때문이다. 그러나 그의 말은 이러한 자격을 갖춘 사람만이 글을 쓸 수 있다는 의미는 아니다. 만약 그렇다면 성인군자나 위대한 인물만이 글을 쓸 자격을 획득할 수 있기 때문이다. 따라서 성숙한 인격을 갖춰야 글을 쓸 수 있다기보다는, 글을 쓰면서 끊임없이 성숙한 인격을 갖추길 노력해야 한다는 의미로 받아들여야 한다.

작가가 쓴 결과물인 글과 그의 내면은 끊임없이 상호작용하면서 서로를 발전시켜 나간다. 이를 가장 잘 보여주는 사람이라면, 단연 다산 정약용 선생이 아닐까 싶다. 물론 그는 18년간의 유배를 가기 전에도 훌륭한 인물이었지만, 유배를 가기 전 쓴 글과 유배 중에 쓴 글에는 현격한 차이가 있다는 연구 결과가 많다. 유배 전에는 논리적이고 실용적인 글을 주로 썼지만, 유배 중에는 자기 성찰적이고 교훈적이며 철학적인 내면 세계를 반영하는 글이 많다. 유배 생활에서 느낀 쓸쓸함과 억울함 속에서 오히려 백성을 더욱 사랑하는 마음을 가지게 됐고, 더 나아가 강한 윤리적 신념도 생겨났다. 한마디로 유배지에서 형성됐던 감성과 내면은 그의 글쓰기에 기폭제를 만들어 주었고, 그 결과가 유배지에서 써낸 무려 500여 권의 책이었다고 할 수 있다. 결국 글쓰기는 자신을 훈련하는 과정이며, 그 훈련의 결과가 글에 고스란히 드러나는 것이다.

고대 그리스 시대의 글쓰기

글의 이러한 성격은 이미 고대 그리스 시대에서부터 시작됐다. 당시 사람들은 글쓰기를 '자기 배려'의 하나로 활용했기 때문이다. 이 배려에는 인격의 수양, 윤리적 훈련, 자기 돌봄의 기능이 동시에 있다. 결국 글과 내면의 상호작용은 수천 년을 이어온 오랜 역사가 있으며, 또한 글쓰기의 가장 전통적인 역할 중 하나라고 볼 수 있다. 따라서 글을 쓰는 사람들은 멋진 문장, 감동적인 내용을 갈구하기에 앞서, 자기 자신을 먼저 훌륭한 상태로 만들기 위해 끊임없는 노력을 이어가야 하는 존재이기도 하다. 여기에서도 우리는 글을 쓰는 사람들이 끊임없이 변화하고 자아를 창조해 나가는 사람이라는 점을 다시 한 번 확인할 수 있으며, 동시에 글쓰기를 선택한 사람들이 얼마나 행운아인지도 알 수 있다. 사람이 선택하는 여러 가지 행위 중에서, 이렇게 내면도 발전시키면서 동시에 남들이 부러워하는 결과물을 낼 수 있는 일은 그리 많지 않기 때문이다.

시작도 끝도 없는
글쓰기를 결단하다

"용기란 무無의 위협에도 불구하고
자기 존재를 긍정하는 것이다."

－폴 틸리히, 『존재의 용기』

글을 쓰려고 마음먹은 사람은 일단 자신이 얼마나 용감한 존재인지를 알아야만 한다. 그저 자연스럽게 글쓰기의 길에 들어서든, 혹은 특정한 목적을 가지고 글을 쓰든, 세상의 모든 글에는 정도의 차이만 있을 뿐 반드시 용기가 전제된다. 당신이 '난 글을 쓰고는 있지만 별로 용기를 내진 않는데?'라고 생각해도 상황이 달라지지는 않는다.

그런데 이 말을 뒤집어 보면, 글쓰기가 그만큼 힘든 일이라는 의미이기도 하다. 우리는 밥을 먹거나 영화 한 편을 보기 위해 내면의 용기를 끌어올리진 않는다. 반면 용기가 필요한 일은 반드시 힘들고, 고통이 수반된다. 특히 글쓰기에 필요한 용기는 단순히 심리적인 담대함에 그치지 않는다. 철학적으로는 자신의 존재 양식을 있는 그대로 받아들이고 스스로 결단하는 차원에서 이루어지기 때문에, 용기 중에서도 '품격 있는 용기'라고 할 수 있다.

작가는 과연 인간이 할 짓인가?

매번 같은 일상이 반복되는 '타임 루프' 형식의 영화가 있다. 그중에서도 가장 인상 깊게 본 영화가 톰 크루즈가 주연한 《엣지 오브 투모로우》였다. 영화에서 주인공은 외계인과의 전투에서 죽고 살아나길 끝임없이 반복하면서, 또다시 매번 같은 전투에 참여한다. 또 다른 타임 루프 영화에서는 매일 결혼식을 반복하기도 하고, 매일 아침에 일어나면 똑같은 날짜인 경우도 있다. 나에게도 이런 영화 같은 타임 루프가 반복된다고 생각한 적이 있었다. 매일 아침 일어나면 무인도에 떨어진 조난자가 된 듯한 기분이었다. 조난자가 나뭇가지를 주워서 뗏목으로 엮어 바다를 건너듯, 나는 각종 자료, 생각, 연구 결과를 주섬주섬 모아 하나의 원고로 써내고, 겨우 '하루치 원고 마감'이라는 육지에 도착해 안도한다. 해가 질 무렵 겨우 한숨을 돌리며 약간의 성취감을 느끼지만, 그러면 뭐 하나. 나는 타임 루프에 갇힌 사람처럼 다음 날 아침에 깨어나면 또다시 '백지'라는 무인도의 조난자로 떨어져 있다. 매일 똑같이 글감을 모아 하루치 원고를 써야 하는 타임 루프에 갇힌 신세라는 느낌이 들었을 때는 아침에 일어나 하늘을 보면 한숨부터 나왔다.

더 중요한 사실은 글쓰기에는 단순 반복 작업이 없다는 점이다. 많은 일에는 반복 작업이 존재한다. 셰프의 일을 살펴보면, 일단 레시피만 확정되면 늘 그것을 되풀이하면서 같은 음식을 만든다. 농부도, 공장 노동자도, 일단 한 번 일이 익숙해진 후에는 같은 작업을 되풀이하면 된다. 때로 반복되는 업무가 무미건조할 수는 있어도 매일 심한 지적 노동을 할 필요는 없다. 하지만 작가에게 이런 일이 생길 리는 없다. 어제 썼던 주제를 오늘 쓸 수 없고, 지난주에 썼던 메시지를 또 쓸 수 없기 때문이다.

무한 루프에 갇혀, 무한대의 새로운 글을 써야 하는 이 직업에 대해서 '전업 작가는 정말 인간이 할 짓이 아니다'라고 생각한 것이 한두 번이 아니었다.

그런데 이러한 고난의 행군이 반복되면서 어느 순간 매우 적절한 대응법이 생겼고, 그것이 아니면 글쓰기를 이어 나갈 수 없다고 확신했다. 그것은 바로 '결단으로서의 용기'를 늘 가슴에 품는 것이다. 이 용기는 그냥 해 보지 않았던 분야에 도전하거나, 실패를 두려워하지 않을 때의 감정적인 용기와는 차원이 다르다. 많은 위협과 불안의 요소가 상존하는 상태에서도 그것을 있는 그대로 받아들이는 것, 그리고 그 안에서 변함없이 '글쓰기를 결단하는 사람'으로서의 존재 방식을 선택하는 일이다. 이러한 용기를 받아들이니 나는 더 이상 조난자가 아니었으며, 아침마다 있는 곳도 더 이상 무인도가 아니었다. 다음 날 또다시 같은 곳에 떨어지더라도 그다지 처량한 신세로 느껴지지도 않았다.

세헤라자데가 이어간 천 일의 시간

　용기에 관해서 가장 압도적인 인물 한 명이 있다. 중세 이슬람 시대에 전승되어 온 이야기를 묶은 『천일야화』 속 페르시아 왕비 세헤라자데Scheherazade이다. 물론 그녀는 책에 등장하는 가상의 인물이기는 하지만, '결단으로서의 용기'를 배울 수 있는 최적의 인물이다. 그녀가 왕비가 되기 전, 페르시아에는 샤흐리야르라는 왕이 있었다. 그는 동생의 아내가 간통을 했다는 사실을 알게 됐고, 얼마 지나지 않아 자신의 아내도 간통하는 장면을 목격했다. 결국 그는 '세상의 모든 여자는 부정하다'고 확신했다. 그 후 그는 여성에 대한 증오심과 복수심에 휩싸여 매일 밤 처녀와 동침한 후 새벽에 처형하기를 반복했다. 그렇게 3년의 세월이 흐르자 민심은 피폐해졌고, 이제 더 이상 왕과 하룻밤을 부낼 처녀도 구하기 힘들 지경이었다. 그때 왕의 신하의 딸 세헤라자데가 나섰다. 아버지는 딸이 죽을 것이 자명했기에 당연히 만류할 수밖에 없었지만, 세헤라자데의 뜻을 꺾을 수는 없었다. 그녀는 나름의 계획을 품고 왕궁으로 향했다.

첫날밤을 치른 후, 그녀는 왕에게 자신의 동생과 죽기 전 마지막 작별 인사를 하고 싶다고 말했다. 그러자 왕이 허락했고, 동생이 왕궁으로 들어와 하룻밤을 묵을 수 있게 됐다. 작별 인사를 나눈 동생은 느닷없이 세헤라자데에게 궁에서 긴 밤을 보내기 지루하니 이야기를 들려 달라고 졸랐다. 물론 이는 세헤라자데가 미리 세운 각본이었다. 그렇게 해서 세헤라자데의 흥미로운 이야기가 시작됐고, 왕도 이를 함께 듣게 됐다. 그런데 그녀는 매우 전략적인 스토리텔링을 하기 시작했다. 이야기가 절정에 이르러 다음 장면이 너무도 궁금할 때, '오늘은 밤이 깊었으니 이쯤 해서 그만하고 내일 이야기를 마저 하게 해 달라'며 끊어버렸다. 요즘의 시리즈 드라마에서도 종종 사용되는 '절단 신공'을 발휘했던 것이다. 그렇게 해서 그녀는 하루의 생명을 연장했고, 이런 방식으로 무려 천 일 동안 자신의 생명을 구했다. 그러자 왕은 여성에 대한 증오를 멈추고 세헤라자데와 결혼했으며, 마침내 그녀는 왕비의 자리에 오를 수 있었다.

그 천 일 동안 세헤라자데의 심정은 어땠을까? 이야기가 지루해지거나 더 이상 할 이야기가 없으면 곧바로 죽음을 맞닥뜨릴 수밖에 없다는 두려움, 그리고 필사적으로 이야기를 재미있게 꾸미기 위한 간절함으로 살아갔을 것이다. 그래서 그 천 일의 기간은 '용기의 대장정'이라고 불러도 결코 무리가 아니다. 중요한 점은 누군가 세헤라자데의 등을 떠밀어 왕궁으로 보내지도 않았고, 억지로 이야기를 하라고 시키지도 않았다는 점이다. 오히려 아버지가 그녀를 말렸음에도 스스로 선택한 위험이었다. 그녀는 이야기를 이어 갈 '결단으로서의 용기'를 발휘했고, 그것을 천 일동안 집요하게 추구한 결과로 왕비의 자리에 오를 수 있었다.

무無의 위협에 시달리는 인간

'결단으로서의 용기'에 대해서는 독일 출신의 종교 철학자 폴 틸리히Paul Tillich의 철학을 살펴볼 필요가 있다. 그는 실존주의와 신학을 결합한 '실존주의 신학'이라는 꽤 독특한 영역을 개척한 인물이다. 실존주의 신학은 인간이 가지고 있는 불안과 절망, 그리고 소외를 신학적인 언어로 해석한다. 그가 집중했던 주제는 '왜 존재를 계속 긍정해야 하는가?'라는 것이었다.

그가 이런 질문을 던졌던 것에는 2차 세계대전 당시 그의 경험이 녹아 있었다. 독일군의 군대 목사로 전쟁에 참여했던 그는 전쟁의 참혹함을 두 눈으로 직접 목격한 것은 물론이고, 나치 집권 후 미국으로 망명해야만 했다. 뿐만 아니라 그는 전체주의, 전쟁, 핵 위협이라는 시대적 상황 속에서 그동안 중요시했던 많은 것들이 허무해지고 무의미해지는 상황을 겪었다. 그러니 이런 철학자에게 '왜 존재를 계속 긍정해야 하는가?'라는 질문은 일견 매우 타당해 보이기도 한다. 어쩌면 우리가 끝없이 괴롭고, 번잡하고, 고통이 수시로 등장하는 인생에서 '왜 그럼에도 계속 살아가야 하는가?'라는 질문을 던지는 것과 크게 다르지 않다.

그는 1950년대 발표한 저서 『존재의 용기The Courage to Be』에서 자신만의 철학을 펼쳐 나갔다. 그는 인간에게는 '공허와 의미 없음'이 만들어 내는 불안이 상존하며 이를 '무無의 위협'이라고 말했다. 이 상태에서 인간은 죽음 앞에서 모든 의미가 사라진다는 근원적인 위협감, 자신이 왜 존재해야 하는지에 대한 회의감, 심지어 극심한 죄책

감과 공동체에서 분리되어 있다는 불안감을 느끼게 된다. 틸리히는 바로 이때 필요한 것이 '존재의 용기'라고 말한다. 불안과 위협, 공허감을 있는 그대로 수용하면서도 자신의 존재를 긍정하는 행위인 용기를 통해서 그 모든 것을 극복해 나가겠다는 의지이기도 하다.

자신이 아닌 독자를 위한 용기

나는 틸리히의 이러한 용기를 '결단으로서의 용기'라고 생각한다. 도저히 용기를 낼 수 없는 상황에서도 기꺼이 용기를 선택하고, 그것을 자기 정체성의 일부로 받아들이는 결단이야말로 진정으로 품격 있는 용기가 아닐까. 그것은 실패를 예상하면서도 도전하는 것, 그리고 진짜 실패를 맞더라도 겸허하게 받아들이는 일까지 포함한다고 할 수 있다. 조금 다른 예시로는 남녀 간의 사랑을 예로 들 수도 있다. 서로 사랑하면 늘 행복한 일만 있을까? 물론 절대 그럴 리는 없다. 하지만 누군가는 장밋빛 나날들만 예상하고 사랑에 뛰어든 후, 이별에 이르러서야 처참함을 느낀다. 끝을 알면서도 기꺼이 사랑에 나서는 사람이 있다면 어떨까? 그는 제 연인이 지금은 너무 사랑스럽지만 결국 미워질 거란 사실을, 또한 끝내 헤어지는 상황이 온다는 사실을 알면서도 기꺼이 사랑을 펴 주길 마다하지 않는다. 이런 사람은 '사랑을 하는 사람'이 아닌, '사랑을 결단하는 사람'이다.

글쓰기도 마찬가지라고 생각한다. 첫 문장에서부터 마지막 문장으로 가는 과정에서, 또는 아침에 글쓰기를 시작해 저녁에 이르기까지, 매 순간 글 쓰는 사람은 수많은 위협, 불안, 괴로움을 맞닥뜨린다. 하지만 그럼에도 우리는 용기를 내어 그것을 받아들일 결단을 해야만 한다. 이러한 결단을 하고 글쓰기를 한다면 무한정 괴롭다고 느껴지지는 않을 것이다. 더 중요한 것은 이런 용기가 자신만을 위한 용도가 아니라는 점이다. 물론 개인적인 보람과 성취욕은 남겠지만, 이는 사실 독자들을 위한 용기이기도 하다. 누군가를 위해 자신의 고통과 실패를 결단하는 일은 그 자체로 품격 있는 용기가 아닐 수 없다. 세헤라자데가 보여 주었던 그 천 일간의 간절한 심정, 그리고 폴 틸리히의 '결단으로서의 용기'는 글 쓰는 모든 이들이 갖추어야 할 태도라고 생각한다.

계속되는 변화와 불안을
살아내는 법

"작가는 … 비루한 개인에 머무는 존재가 아니라,
결연한 의지와 선택으로 저마다의 삶을 추구하는
'기도하는project 인간'이다. 작가는 자신의 작품을 통해
세계의 변화에 전적으로 참여해야 한다고 믿는다."

–장 폴 사르트르, 『문학이란 무엇인가』

흔히 글쓰기에는 마음을 치유하는 기능이 있다고 말한다. 상처를 있는 그대로 드러내면서 감정을 해소하고, 자기 성찰로 이어지면서 과거의 고통에서 벗어날 수 있다는 이야기다. 다만 글쓰기의 역할이라는 차원에서도 조금 더 정확하게 이야기하자면, 글쓰기에는 '마음을 치유하는 기능'보다는 '실존을 변화시키는 힘'이 있다고 하는 것이 좀 더 나을 듯하다. 실존의 변화에 치유의 기능도 포함되어 있기 때문이다. 여기에 근거한다면, 꾸준하게

글을 쓰는 사람들은 실존을 변화시키는 과정을 많이 겪어 왔고, 앞으로도 그럴 가능성이 매우 높은 존재라고 볼 수 있다.

그런데 여기에서 말하는 ‘실존’은 무엇을 의미하는가. 철학적으로 그리 어려운 개념은 아니지만, 쉽게 혼동할 수 있는 용어다. 나 역시 대학 시절 실존주의를 접하면서 실존의 개념을 제대로 이해하지 못해 혼란스러웠던 기억이 있다. 특히 전통 철학은 실존과 엇비슷한 ‘존재’라는 주제를 많이 다루기에 더 혼란스러웠던 것 같다. 약간의 혼란만 제거한다면, 글 쓰는 사람들이 가진 실존적 위상을 분명하게 알 수 있다. 또 작가는 살면서 불가피하게 실존적 불안감에 시달릴 수도 있는데, 그 불안이야말로 스스로 자신의 실존을 만들어 나가는 도전이자 창조의 여정이라는 사실도 깨달을 수 있을 것이다.

쓸쓸하고 비천한 아기의 탄생

우선 한자로만 따져 본다면 존재와 실존을 구분하기는 쉽지 않다. 존재存在는 ‘있을 존’, ‘있을 재’를 쓴다. 그냥 ‘여기에 무엇인가가 있다'라고 할 때의 '있다'가 바로 존재이다. 실존實存은 '참 실'에 '있을 존'이다. 그래서 '참으로 있다'라는 의미이다. 이렇게만 본다면 둘의 차이를 거의 구분하기가 힘들다. '있다'와 '참으로 있다'에서 심오한 의미의 차이를 느끼기는 쉽지 않기 때문이다. 그런데 실존주의 철학을 만들어 온 프랑스 철학자들의 단어로 보면 두 개념을 구별하는 최초의 실마리를 찾을 수 있다. 실존은 '엑지스띵스existence'라고 히는데, 직역하면 '밖으로 서다', '밖으로 나타나다'라는 의미이다. 그냥 단순히 있는 것을 넘어서 어떤 지향성, 역동성, 의도성이 선명하게 드러난다.

'인간은 실존적인 존재'라고 했던 프랑스 실존주의 철학자 장 폴 사르트르Jean-Paul Sartre는 인간은 아무런 의미도, 목적도 없이 세상에 나온 존재이며, 또한 자신의 의지나 계획도 없이 태어났다고 말한다. 그래서 그는 인간을 '세상에 던져진 존재'라고 말한다. 사실 이는 상식적인 차원에서 봐도 일리가 있다. 자신이 태어나려고 계획했던 아기는 존재하지 않으며, 자신의 부모도, 국적도 선택할 수 없다. 심지어 말을 할 수 있는 나이가 되어서도 자신이 세상에 태어난 목적을 말하지도 못한다. 그러니 '던져졌다'는 말이 매우 적절해 보이기는 하지만, 한편으로는 매우 쓸쓸한 기분이 들게 한다. 모든 인간의 생명은 참으로 소중하고 하나하나가 더할 수 없이 귀한 존재지만, 그것은 태어난 이후에 얻게 되는 가치일 뿐, 처음 태어날 때에는 그저 '던져진 존재'로서의 면모를 가지고 있는 것도 사실이다.

작가는 자신을 만들어 가는 사람

그러나 사르트르는 인간이 슬프고, 한편으로 비천한 특징을 가지고 있다는 것을 강조하기 위해 이러한 주장을 펼치지는 않았다. 정반대로 애초에 아무런 목적과 계획 없이 던져졌기에, 그 어떤 것에도 얽매이지 않고 자신을 자유롭게 창조해 나가며, 자신의 의지에 따라서 얼마든지 변화할 수 있는 위대한 존재임을 강조했다. 사르트르가 '인간은 자유를 선고받았다'는 말을 한 이유도 바로 여기에 있다. 처음에는 세상에 내동댕이쳐지듯 태어났을지도 모르겠지만, 그때부터는 자신의 마음대로 진짜 모습을 찾아 나갈 수 있으니, 이것이야말로 위대한 인간의 모습이 아니겠냐는 것이다. 그리고 바로 이렇게 자유와 의지를 가지고 역동적으로 만들어 가는 자신의 모습이 비로소 '참으로 있는' 실존이다. 따라서 사람은 모두 실존적인 존재이기는 하지만, 조금 더 실존의 변화에 특화된 사람들이 있다. 바로 글을 쓰는 사람들이다.

사르트르는 문학과 글쓰기를 실존의 차원에서 다룬다. 그는 이렇게 이야기했다.

"작가는 … 비루한 개인에 머무는 존재가 아니라, 결연한 의지와 선택으로 저마다의 삶을 추구하는 '기도하는 인간'이다. 작가는 자신의 작품을 통해 세계의 변화에 전적으로 참여해야 한다고 믿는다."

여기에서의 기도project란 종교적인 기도pray와는 완전히 다른 것이다. 사르트르가 말한 기도는 '자신을 던져서 만드는 근본적인 기획'이라는 의미에 가깝다. 결국 작가라는 존재는 자신을 글쓰기에 던져 스스로의 실존을 변화시키고, 나아가 독자와 세계의 변화를 기획하는 인간인 것이다.

'자기 기술'로서의 글쓰기

글쓰기를 실존의 변화와 연결 지은 또 한 명의 철학자는 프랑스의 미셸 푸코Michel Foucault다. 그는 현대인을 '권력과 지식에 속박된 존재'라고 보았다. 자신도 모르는 사이에 사회에 순응하고 체념과 좌절을 겪는 과정에서 열등감에 파묻힌 존재가 된다는 관점이다. 따라서 나이가 들면서 점점 자유롭게 살지 못하고, 사회의 시선에 얽매이는 악순환에 빠진다는 이야기다. 그래서 그는 '주체의 자기 기술technologies of the self'이라는 개념을 제시했다. 이는 개인이 주체적으로 자신의 정체성을 성찰하고 훈련하며, 자기 자신을 바꾸는 기술이라는 의미다. 그 구체적인 내용은 다음으로 요약될 수 있다.

"자기 자신을 돌보라. 자기 자신으로 돌아가라. 자기 자신을 대상으로 삼고, 자기 자신과 함께 살아가라. 자신만의 즐거움을 발견하라. 자기 자신을 살펴보고, 정화하고, 변화시켜라."

쉬운 용어로 풀어 보자면 '자기 배려', '자기 돌봄'이라고 할 수도 있다. 푸코의 주장은 언뜻 봐도 상당히 자기계발적인 성격이 강한 것처럼 보인다. 실제로 '자기 돌봄'과 같은 용어는 자기계발서에도 많이 나오며, 정신과 마음의 문제를 치료하는 현장에서도 많이 사용된다.

그렇다면 자신을 돌보고 변화를 끌어내기 위해서 푸코가 적극적으로 추천하는 방법들에는 어떤 것이 있을까? 흥미롭게도 그가 제시하는 방법들 중 대부분은 글쓰기와 깊은 관련이 있다. 그는 구체적인 방법으로 '자기에 대한 몰입, 자기 통제, 의식 점검, 경청, 독서, 글쓰기, 명상'을 제시한다. 물론 글쓰기를 여러 방법들 중 하나로 볼 수도 있지만, 다른 방법들 역시 글쓰기로 충분히 수렴되는 것들이다. 예를 들어 자기에 대한 몰입, 자기 통제, 의식 점검은 글쓰기에 앞서 필연적이며, 경청과 독서 역시 글쓰기에 큰 도움이 된다. 결국 글쓰기를 비롯해 글쓰기에 도움이 되는 여러 요소들이 자신을 변화시키고, 사회에 속박된 존재에서 벗어나게 하는 매우 효과적인 방법이라고 할 수 있다.

고정되지 않은 실존에 대한 불안감

그런데 자신의 실존을 형성해 나가는 부분에 있어서 한 가지 알아두어야 할 점이 있다. 그것은 바로 불안과 함께 살아가야만 한다는 점이다. 사르트르는 자신의 자유를 각성하고 실존을 만들어 가는 과정에서 필연적으로 불안이 공존한다고 말한다. 내가 무엇이든 선택할 수 있는 자유에는 반드시 그에 대한 책임도 따라오기에 여기에서 불안이 야기된다는 것이다. 더 나아가 앞으로도 변화의 여지가 계속 있는 상태 그 자체가 불안이라고 볼 수도 있다. 뭔가 확정되거나 완전히 매듭지어지지 않은 그 모든 것에는 끊임없는 변화의 여지가 있어서, 이를 불안정한 상태라고 볼 수도 있기 때문이다.

사실 이렇게 불안한 감정을 나도 느껴본 적이 있다. 살다 보면 자신의 정체성에 대해서 매우 확고하고, 단호하게 확신하며 살아가는 사람들을 보게 된다. '나는 이런 사람이야!'라고 당당하게 주장하며 흔들림 없이 살아가는 사람들이다. 그런 사람들을 볼 때마다 강한 자기 확신이 부럽기도 했지만, 또 한편으로는 나는 그런 적이 별로 없었기 때문에 이질감을 느끼기도 했다. 보통 이런 경우에 다수의 사람들이 '내가 이상한 건가?'라고 스스로를 의심할 수 있다. 나 역시 그럴 때마다 자기 확신이 부족한 것이 불안하게 느껴지곤 했다. 하지만 지금 다시 생각해 보면 그것은 글쓰기를 통해서 나의 실존이 끊임없이 변하고 있었기 때문이라고 본다. 계속해서 거칠게 파도치는 바다를 보고 있는 심정과 같다. 바람 없는 평화로운 바닷가를 느긋하게 바라보는 낭만도 느껴 보면 좋으련만, 글을 쓰는 삶은 계속되는 실존의 변화와 그로 인한 불안이 미열처럼 이어진다. 하지만 이러한 불안은 성장의 신호이기도 하다. 끊임없이 글을 써 가는 과정에서 느끼는 불안이라면, 그 불안은 단순히 어두운 감정으로서의 불안이 아니다. 변화하는 과정에서 생기는 어쩔 수 없는 틈새이며, 끊임없이 성장을 갈망하는 허기일 수 있다. 한편으로는 불안한 와중에도 자신의 실존이 계속해서 성장해 나가는 즐거움을 느낄 수도 있으니, 어느 정도 상쇄될 수 있다고도 본다. 계속되는 실존의 변화와 불안이 독자를 위해 자신을 창조해 나가는 징표라고 받아들인다면, 훨씬 의미 있는 일이 될 것이다.

작가 정신이 유독
강조되는 이유

"동물로 태어났지만 인간으로 죽어라."

–마루야마 겐지, 『인생 따위 엿이나 먹어라』

'작가 정신'이라는 것은 꽤 유명한 작가, 대단한 문인들이나 가질 법한 것이라는 생각에 아직 자신의 작가 정신에 대해서 생각해 보지 않았을 수도 있다. 하지만 그 정의는 '작가가 가지고 있는 태도나 자세, 가치관' 등을 의미하는 것이기 때문에 굳이 본인의 실력이나 위상과는 크게 관련이 없다. 지금 막 글쓰기를 훈련하는 사람도 얼마든지 나름의 작가 정신을 가질 수 있고, 지향해야 할 단단한 태도가 형성되어 있으면 앞으로 글을 써 나가는 데에도 나름의 지침이 될 수 있다. 작가 정신에 대해 알아보기 위해 여러 작가를 살펴볼 수도 있겠지만, 어쩌면 의미 없는 나열이 될 수도 있다. 오히려 가장 '매운 맛' 작가 정신을 가진 사람 한 명을 참고하면 도움이 되리라 본다. 자신의 성향이나 스타일에 맞게 '순한 맛'으로 조절하면 입맛에 딱 맞게 만들 수도 있을 것이다.

일본 소설가 마루야마 겐지丸山健二는 한국인에게는 많이 알려지지 않은 작가다. 하지만 나는 그가 자신의 작가 정신을 전면에 드러낸 『소설가의 각오』와 같은 몇몇 에세이들을 읽고 꽤 신선한 충격을 받은 경험이 있다.

'정신'이 붙은 직업의 특징

일단 마루야마 겐지의 작가 정신을 본격적으로 다루기 전에, '작가 정신'이라는 말에 대해서 조금 더 살펴볼 필요가 있다. 몇몇 직업에는 '정신精神'이라는 요소가 유독 강조된다. 기업가 정신, 장인 정신, 작가 정신이 그렇다. 그런데 한편으로 의아한 것은 사회적으로 파급력이 더 크다고 여겨지는 직업도 많은데, 그런 직업에는 굳이 '정신'이라는 말이 붙지 않는다는 점이다. 예를 들어 '의사 정신', '판사 정신'과 같은 말은 잘 쓰이지 않는다.

여기에 대해서는 여러 가지 해석을 할 수 있겠지만, 정신이라는 말이 붙는 직업은 개인의 태도, 의지, 철학이 개입될 여지가 많고, 중요한 결정을 대부분 홀로 내려야 하는 경우가 많다. 사실 의사나 판사의 일에는 매뉴얼이 존재한다. 의사에게는 표준 진료 지침이 있고, 약을 쓰거나 수술을 할 때에도 정확한 기준과 방법이 존재한다. 판사도 마찬가지다. 물론 해석의 여지는 있지만, 법이라는 더할 수 없이 고정된 매뉴얼이 존재하는 것이다. 반면 기업가나 장인이나 작가에게 이런 매뉴얼이 있을 리 없다. 결국 '정신'이 강조되는 직업들은 한마디로 '자기 하기 나름'이라는 의미일 수도 있다. 집단적인 공론의 장도 많지 않고, 누군가가 간섭할 여지도 그리 많지 않다. 따라서 그만큼 고독하고 외로운 직업이기도 하다. 스스로를 지탱하지 않으면 쉽게 무너져 내리기도 하고, 또한 꼼수를 부리고자 마음먹는다면 얼마든지 가능할 수도 있다. 이 말은 반대로 해석하자면, '정신'이라는 말이 붙은 직업을 수행하는 사람이라면, 그만큼 더 독하게 살아야 한다는 의미이기도 하다.

파괴자가 아닌 창조자의 길

　마루야마 겐지는 일단 외모부터가 독해 보인다. 머리카락은 완전히 밀어버렸으며 눈빛도 보통이 아니다. 몸매는 군더더기가 없으며 늘 몸에 딱 붙는 옷을 입는다. 약간 과장해서 말하자면, 외모 자체가 좀 험악하다. 하지만 매우 뛰어난 문학적 감수성과 실력은 인정하지 않을 수 없다. 그는 23살이라는 나이로 일본에서 가장 권위 있는 문학상 중 하나인 아쿠타가와 류노스케상을 수상했다. 이 상은 상업성이나 대중성보다는 오로지 문학적 깊이와 실험성에 초점을 두고 수상자를 결정한다. 무엇보다 신인에게만 수여되기 때문에 일본 문단과 문학 애호가들은 수상자에게 큰 기대를 걸곤 한다. 일본 문학을 좋아하는 사람이라면 한 번쯤 들어 봤을 만한 오에 겐자부로, 무라카미 류가 이 상을 받은 인물들이다. 반면 마루야마 겐지가 덜 알려진 이유는 그의 인생관과 세상살이 자체가 너무 독하기 때문이 아닐까 한다.

그가 바라보는 세상과 인간관은 지독하다고 할 정도로 어둡고 음침하고 냉정하다. 그의 세계관을 가장 잘 대변하는 말이라면 단연 이것이다.

"인간은 태어나서 죽을 때까지 지옥에서 살아갈 운명에 처해 있다."

물론 우리가 살아가는 세상이 마냥 평화롭고 안락하다고 볼 수는 없지만, 인간 자체가 지옥에서 살아갈 운명이라는 관점은 극도로 냉정하다. 더 나아가 이런 말도 했다.

"사랑과 친절의 세계 따위는 이 우주 어디에도 존재하지 않는다."

인간에 대해서도 그의 관점은 비슷하게 견지된다.

"동물로 태어났지만, 인간으로 죽어라."

이 말은 동물처럼 천하게 살아가는 인간, 그리고 그 죽음의 순간이 다가올 정도가 되었음에도 인격적으로 성숙하지 못한 사람도 많다는 의미이다. 이런 그가 인생 자체에 대해서도 온화한 관점을 가질 리는 만무하다.

"인생 따위 엿 먹어라."

이는 그가 펴낸 책의 제목이기도 한데, 비관의 정점을

이루고 있다.

처음에는 제목을 보고 한국 출판사가 번역 과정에서 일부러 자극적으로 책 제목을 지은 것이 아닌가 의심했는데, 정말로 그의 일본어 원서 제목은 '人生なんてくそくらえ(진세이난테 쿠소쿠라에)'이다. 여기에서 '쿠소'는 '똥'을 의미하기 때문에 차라리 '엿'으로 번역한 것이 오히려 더 순화된 표현이다.

이 정도면 어기에 무슨 작가 정신이라고 할 만한 것이 깃들 여지가 있겠냐 싶겠지만, 사실 그가 이처럼 세상과 인생을 암울하고 절망적으로 바라보기 때문에 거기에서 발현되는 작가 정신은 오히려 더 선명하게 빛난다. 그는 저서 『그렇지 않다면 석양이 이토록 아름다울 리 없다』에서 자신에 대해 이렇게 말한다.

"우선 말해 두자면, 나는 파괴자가 아니다. 다툴 여지가 없는 창조자이며 개조자다. 다행인지 불행인지, 여러 가치를 평균 정도만 하는 것으로 만족하는 타입은 아니다. 가치가 있을 것 같은 일이라면 철저히 해야만 하는 타입으로, 사실 쭉 그렇게 살아왔고, 앞으로도 그렇게밖에는 살 수 없을 것이다. 그것이야말로 나 자신을 창조하는 태도라고 확신한다. 소설이든 정원 가꾸기이든, 나는 그것들을 통해 본의 아니게 이 땅에 정착하고 있는 나 자신을 찾고, 스스로의 존재 이유를 탐구하는 것이다. 그게 아니라면 마음의 갈증, 이성의 졸음, 인간 정신에 대한 뿌리 깊은 불만에 시달리고 있는 자아로부터 벗어나려는 것인지도 모른다.”

그의 이러한 말은 가장 암울하고 어두운 지옥에 살아가는 인간에게 ‘이제는 탈출과 해방의 길에 나서라’고 독려하는 것이라고 볼 수 있다. 그리고 이렇게 타협 없이 완벽을 추구하며 운명을 창조해 나가는 것이 바로 진정한 자유이며, 마루야마 겐지의 문학관이라고 볼 수 있다.

철저한 고독, 완벽한 단절

그렇다면 우리가 그에게서 배울 수 있는 좀 더 현실적인 차원의 작가 정신은 어떤 것이 있을까? 우선 고립과 고독을 통해서 자기 자신을 마주하는 일이다. 그는 도시의 삶을 완전히 정리하고 시골로 들어가 스스로를 고립과 고독 속에 가두었다. 기성 문단과는 거리를 두면서 쓸

데없는 명성이나 유명세와는 확실하게 거리를 두었다. 뿐만 아니라 그는 80년대 이후 마이니치 출판문학상, 가와바타 야스나리 문학상 등, 여러 문학상의 수상자로 선정되었지만, 그 어떤 상도 받지 않았다.

그가 자신을 철저히 고립시킨 것은 단지 쓸데없는 관계를 청산하거나 세상의 번잡함에 휘둘리지 않기 위한 것만은 아니다. 본질적으로는 세상이 말하는 모든 주류의 상식들을 거부하기 위해 스스로를 외곽으로 포지셔닝하는 일이었으며, 대중과 어울리며 다수의 의견에 고개를 끄덕여 주지 않겠다는 결심이기도 했다. 특히 그는 부모, 사회, 학교, 종교, 국가의 이념에서 완전히 탈피하라고 조언한다. 이런 것들은 모두 '악랄하고 뻔뻔하게' 우리를 구속하는 것들이며 이들에 의해 영혼이 질식당한다고 말한다. 그의 관점에 따르면, 부모는 자식을 영원한 유아 상태로 묶어 놓아 성장을 가로막는 존재이며, 국가는 권력을 독점한 소수 지배층의 영원한 안녕을 위해 국민을 순종적인 무뇌아로 개조해 버리는 곳이다. 회사라는 조직은 '자유를 스스로 반납한 노예들을 사육하는 장소'일 뿐이다. 물론 그의 관점이 다소 극단적인 것은 사실이지만, 그렇다고 완전히 무시할 수는 없다. 특히 그가 이러한 관점을 피력한 20여 년 전의 사회와 국가는 일정 부분 그러한 의도를 가지고 있었고, 회사 역시 직원 개인의 삶과 성장은 무시한 채 회사의 이익을 위해 도구로 사용했던 것도 사실이기 때문이다.

내가 마루야마 겐지에게 영향을 받은 것이 있다면, 바로 고독과 단절이라는 부분이다. 사람을 자주 만나면 정신이 번잡해지고, 마음이 흐트러지는 것이 사실이다. 마음에서 우러나오지 않는 말도 겉치레로 해야 하고, 관계의 유지를 위해 쓸데없는 관심을 기울이고 받아야만 한다. 그리고 이러한 과정들은 글쓰기에 집중하는데에 사실 별반 도움이 되지 않는다. 거기다가 사람들과 일반 상식 차원의 이야기를 자주 하다 보면 자연스럽게 나의 생각도 상식적인 차원으로 재조정되는 경우도 종종 있다. 마루야마 겐지는 소설가를 '음지의 식물'에 비유한 바가 있는데, 이는 음지에 있어야만 제대로 생명력을 지닐 수 있다는 의미이다. 쓸데없이 햇빛을 많이 보면 시들 수밖에 없다. 내가 개인적으로 SNS를 하지 않는 이유도 비슷하다. 타인의 관심이라는 양지에 나가게 되면, 신경이 쓰이는 것을 넘어 휘둘리는 경우도 허다하기 때문이다. 물론 모든 글 쓰는 이들이 마루야마 겐지처럼 철저하게 은둔하지는 않더라도, 어느 정도 세상과의 거리감, 대중에 쉽게 휩쓸리지 않는 고독으로 자신을 보호할 필요는 있다.

어차피 죽을 몸, '깡다구' 있게 써라

우리가 배울 수 있는 두 번째 작가 정신은 바로 '안락함을 누리길 꿈꾸지 말고 정신 차리고 앞으로 나아가라'는 것이다. 그는 인생에 있어서 안락함과 안정은 하나의 망상에 불과하니, 집착이나 속박, 불안 따위는 내팽개치고 분노와 슬픔까지 초월하라고 말한다. 특히 그는 '깡다구'라는 독한 술을 권하기도 한다. 그는 이렇게 말한다.

"어차피 죽을 몸인데, 왜 그렇게까지 겁을 내고 위축되고 주저해야 하는가."

각자가 가진 가능성을 결코 과소평가하지 말고, 치열하게 고민해 자신의 가치를 발견하고 도전을 이어 가라는 이야기다. 그의 이런 말은 괜한 부추김도 아니고, 막연하게 '너도 할 수 있으니 해 봐'라고 하는 유의 말도 아니다. 실제 그의 표현대로 그의 어린 시절은 '엉망'이었다. 초등학교 때는 이상한 아이로 취급받은 적이 한두 번이 아니었고, 통신사 양성학교에 갔지만 그나마도 잘 적응하지 못했다. 부모로부터도 늘 모자란 아이 취급을 받다 보니, 그가 문학상을 받았을 때 그의 아버지는 "어디에서 베낀 거냐?"라며 물어볼 정도였다. 평생을 이렇게 결핍의 존재로 살아왔기에 그는 분투가 가지고 있는 의미와 가치를 누구보다 잘 알고 있었을 것이다. 사실 이런 분투의 정신이 가장 필요한 사람이라면, 단연 글 쓰는 사람이다. 지나간 날의 실수, 개인적인 슬픔과 어려움 속에서도 앞으로 뚫고 나갈 수 있어야만 하나의 글을 완성해 나갈 수 있기 때문이다.

고독과 단절과 분투…. 우리가 마루야마 겐지에서 배울 수 있는 작가 정신은 무엇 하나 만만한 것들이 아니다. 나도 할 수 있다면 피하고 싶고, 가능하다면 안 하고 싶다. 하지만 글을 쓰려는 사람은 어차피 무엇 하나에 대한 선택을 강요받는 사람들일 수밖에 없다. 음지식물이 아무리 음지에 지쳐 양지로 나가고 싶다고 한들, 정말로 갔다가는 곧 메말라 죽을 것이 뻔하기 때문이다.

물론 앞에서도 말했듯이, 마루야마 겐지의 작가 정신은 '가장 매운 맛'이다. 우리가 글을 쓰겠다고 완전한 고립과 단절의 생활을 하기도 힘들고, 누군가 상을 주겠다는데 거부할 수도 없다. 역시 부모, 사회, 학교, 종교, 국가로부터 완전히 멀어지기도 힘들다. 하지만 그럼에도 고립과 단절로 자신을 보호하고, 자립하고, 세상의 상식에 섞이지 않는 것. 그리고 자신의 가치를 믿고 분투하는 것은 반드시 필요한 일일 것이다.

2장

탐구의 철학

세상을 끈질기게
성찰하는 법

탐구와 해석의 뿌듯함,
글쓰기는 지식과
통찰을 추구하는 자의 철학이다

지식인의 역할은 자신의 시대에 무슨 일이 일어나고 있는지 이해하는 것이다.

- 미셸 푸코

프랑스 철학자 미셸 푸코가 다루는 철학적 주제들은 기존의 철학과는 완전히 다른 것들이었다. 그의 철학 전반기에서는 과거처럼 존재나 본질을 다루기보다는 정신병, 감옥, 지식, 비정상 등을 다루면서 파격적인 통찰을 제시했다. 그 결과 20세기 가장 영향력 있는 사상가 중 한 사람이자 포스트모더니즘의 선두 주자가 되었다. 그런데 그의 모든 철학의 배경에는 바로 '지금 이 시대에는 무슨 일이 일어나고 있는가'에 대한 호기심과 관심이 있다.

글을 쓰려는 자는 그 자체로 이미 세상을 탐구하고 성찰하는 연구자이며 시대의 목격자이기도 하다. 세상을 연구해 나간다는 것이 꼭 고통스럽기만 한 작업은 결코 아니다. 모르는 것을 알게 되는 즐거움, 남들은 가지지 못했을 통찰의 기쁨 속에서 끊임없이 사고의 지평을 넓힐 수 있다. 그리고 이 모든 연구들은 고스란히 글이 되어 독자와 만나게 된다.

끊임없이 묻고
답하는 자가 작가다

"진리란 탈은폐를 의미한다."

−마르틴 하이데거, 『존재와 시간』

글에 대한 이미지는 매우 다양하다. 누군가에게는 매우 친절한 안내이자 조언이기도 하고, 또 누군가에게는 상처를 보듬어 주는 따뜻한 위로일 수도 있다. 물론 문학적 쾌감을 안겨 주는 즐거움의 대상이기도 하다. 하지만 글에는 이렇게 온화하고 부드러운 면만 있는 것은 아니다. 글의 가장 강력하고 거친 모습은 바로 '폭로'의 기능을 수행할 때 드러난다. 조선 시대의 상소문은 탐관오리의 부패를 폭로했고, 임금의 폐부를 찌르는 날카로운 비판을 하기도 했다. 1898년 프랑스의 작가 에밀 졸라는 대통령에게 보내는 공개서한 「나는 고발한다」를 통해서 당시 드레퓌스 사건의 진실을 폭로하기도 했다. 이후에도 글은 기사라는 형식으로 전 세계 곳곳의 언론사에서 폭로의 기능을 수행해 왔다. 그런데 이러한 폭로의 성격은 우리가 쓰는 글에도 여전히 존재한다. 다만 폭로라는 것이 꼭 부패와 비리를 알리는 것만은 아니다. 그간 세상에서 은폐되어왔던 것, 보이지 않던 것을 보이도록 하고, 사람들의 각성을 끌어내는 모든 행위가 폭로에 해당한다. 독자들이 주류 상식에 휩쓸려 흐릿하게 여기던 것들을 선명하게 드러내는 일은 단연코 글쓰기가 수행해야 할 또 하나의 매우 중요한 기능이다.

인간은 멀티 태스킹에 약하다

우리는 살면서 '좀 단순하게 살고 싶다'는 욕망을 가지기도 한다. 복잡한 현대 사회에서 살아가려면 여러 가지 일을 한꺼번에 수행해야 한다는 괴로움 때문일 것이다. 그런데 사실 인간은 매우 단순하게 설계되었다. 특히 우리의 인지 과정, 즉 두뇌의 정보 처리 과정은 복잡한 일을 한꺼번에 하지 못하게 되어 있다. 멀티 태스킹은 현대인의 기본 능력처럼 여겨지곤 하지만, 실제로 우리 뇌는 한번에 여러 가지 일을 능숙하게 처리하지 못한다. 예를 들어 우리는 일을 하면서도 틈틈이 메신저를 확인하고, 영상을 보는 동시에 걸려 오는 전화도 받기도 한다. 외적인 모습만으로는 여러 가지 일을 동시에 수행하고 있는 것처럼 보이지만, 사실 두뇌는 그사이 빠르게 종료와 시작을 반복한다. '업무의 종료와 메신저 확인 시작-메신저 확인 종료와 영상 시청 시작-영상 시청 종료와 전화 통화 시작'으로 이어지는 것이다. 이러한 종료와 시작이 반복되면 그만큼 피로를 느낄 수밖에 없다. 프랑스 국립보건의학연구소에서 연구한 결과에 따르면, 인간의 뇌가 한꺼번에 처리할 수 있는 일은 최대 두 가지뿐이다. 여기에 '최대'라는 표현이 사용되었듯이, 이미 우리는 두 가지 일만 해도 뇌가 '풀가동'된다고 볼 수 있다.

이러한 경향은 우리의 인지 작용에도 그대로 적용된다. 두뇌는 하나의 사물이나 현상이 가지고 있는 두 가지 모습을 동시에 인지하는 것을 매우 피곤하게 느끼고 잘

해내지 못한다. 이를 심리학에서는 '선택적 주의'라고 한다. 이를 가장 극명하게 보여 주는 사례가 바로 덴마크의 심리학자 에드가 루빈Edgar Rubin이 제시한 '루빈의 꽃병'이라는 그림이다. 각각 왼쪽과 오른쪽에서 서로를 쳐다보고 있는 사람의 얼굴 형태가 검은색으로 칠해져 있는데, 두 얼굴 사이 흰색의 빈 공간을 보면 그곳이 꽃병으로 보인다. 그런데 흰 꽃병에 눈에 보이는 순간엔 검은색 사람의 얼굴이 보이지 않고, 사람의 얼굴을 보면 꽃병을 인지하기 힘들다. 이러한 현상은 인지를 넘어 인식에도 그대로 적용된다. 하나의 개념이나 단어를 떠올리게 되면 대체로 상식, 혹은 주류로 보이는 개념으로 인식이 쏠리게 된다. 예를 들어 '60대 은퇴자'라고 하면 어떤 것이 떠오르는가. 흔히 인생의 쓸쓸함이나 쇠락의 이미지가 연상되곤 한다. 하지만 관점을 바꿔 보면 마치 루빈의 꽃병처럼 보이지 않았던 것을 볼 수도 있다. 쓸쓸함이나 쇠락이 아닌, 사회적 역할에서의 완전한 자유와 평생 해 보지 못했던 새로운 일에 대한 의욕, 심지어 인생의 반란을 꿈꾸는 이미지를 떠올릴 수도 있다. 하지만 대부분의 사람들은 특정한 관점으로 세상을 보면, 그 이면의 모습이 보이지 않게 된다. 이런 상황에서 작가는 늘 세상의 이면에 관심을 기울이며 이를 드러내 독자들에게 보여 주는 역할을 해내야만 한다.

하이데거의 탈은폐

1800년대 초반 나폴레옹은 정치, 제도, 군사적인 차원에서 유럽을 거의 장악하다시피 했다. 그는 스스로 프랑스의 황제로 즉위했으며, '유럽의 제왕'이라고 불릴 정도의 엄청난 위세를 가지고 있었다. 하지만 이런 그를 무너뜨린 사람이 바로 워털루 전투에서 승리한 아서 웰즐리였다. 그는 연합군의 총사령관으로 나폴레옹을 무너뜨리는 데에 결정적인 역할을 했다. 누구라도 나폴레옹과의 전투에서 승리했다면 기뻐해야 할 테지만, 그는 표면으로 드러난 '승리'에서 감춰지고 은폐된 그림자를 볼 줄 아는 인물이었다. 그는 승리 후에 이런 말을 했다.

"패배한 전투만큼 슬픈 것은 없지만, 승리한 전투조차 반 정도는 우울하다."

우리는 보통 '승리'리는 말을 들으면 환희와 통쾌감만을 느끼지만, 웰즐리는 승리가 있기까지 죽어간 수많은 병사들과 그 가족들, 그들의 눈물에 주목했던 것이다.

글을 쓰는 사람들이 적극적으로 배워야 할 것은 바로 이렇듯 외형에 가려져서 보이지 않는 것을 적극적으로 드러내는 일이다. 그리고 이런 양면성은 인간사의 모든 일에 동시에 존재한다. 한평생 사랑하며 사는 듯한 부부의 모습을 대단하다고만 할 것이 아니라, 그 모습이 있기까지 서로가 했던 희생과 배려를 볼 수 있어야 한다. 청춘의 생기발랄함과 열정만을 볼 것이 아니라, 그 이면의 미숙함과 결핍도 볼 수 있어야 한다. 양면적 사고는 글쓰기의 많은 주제에서 새로운 메시지를 발견할 수 있도록

해 주고, 다른 사람들과 차별화된 글을 쓰는 데에 큰 도
움을 준다. 세상의 이면을 얼마나 다방면에서, 정교하게
드러내느냐가 결국은 글의 특별한 가치를 좌우하게 된
다.

　이런 부분에서 우리가 주목해야 할 철학자가 바로 독
일의 마르틴 하이데거Martin Heidegger다. 그는 한평생 '존재
란 무엇인가'라는 질문에 매달려 사유를 펼쳤는데, 존재
의 매우 중요한 특징 중 하나를 바로 '은폐'라고 말한다.
항상 거기에 있지만, 그것이 잘 드러나지 않기 때문이며,
진리라는 것은 그 존재가 '탈은폐'되었을 때 발견할 수 있
다고 말한다. 비유를 들자면, 안개가 잔뜩 끼면 바로 눈
앞에 있는 나무, 숲, 길도 보이지 않게 된다. 항상 거기에
있는 것이지만, 우리의 인식이 포착하지 못한다는 이야
기다. 안개가 걷히고 그 존재들이 드러날 때 우리는 그것
을 비로소 볼 수 있다. 하이데거는 이렇게 진리가 드러나
는 것을 '탈은폐', 독일어로는 '운페어보르겐하이트Unver-
borgenheit'라고 불렀다. 그런데 탈은폐를 이끌어 내는 매우
중요한 덕목이 있다. 하이데거는 그것을 바로 '질문'이라
고 말했다. 그는 질문이야말로 '은폐된 것을 열어 주는

행위’라고 규정하면서, 질문을 멈추지 않아야 한다고 조언했다.

어떤 면에서는 한편의 글이란, 곧 하나의 질문에 대답하는 과정이다. 독자들이 그간 하지 못했던 질문을 제기하고, 거기에 대한 답을 설득력 있게 써 내려가는 일이다. 그런 점에서 글을 쓰는 모든 사람은 날카로운 질문의 전문가이며, 동시에 숙련된 답변자이기도 하다. 이를 위해서는 하나의 방향에서 사물과 현상을 바라보지 말고 다각도에서 조명하는 일이 필수적이다. 루빈의 꽃병에서처럼 남들이 주목하지 않았던 부분을 주목하고, 아서 웰즐리처럼 승리에 현혹되지 말고 우울을 조명해 봐야 한다는 이야기다. 모두가 당연하다고 말하는 것에 다시 한번 질문을 던져 보고, 많은 이들이 자연스럽게 하는 행동도 되짚어 봐야 한다. 세상의 은폐된 것을 드러내고, 새로운 가능성을 제시하는 사람이야말로 진정한 작가의 역할을 수행하는 자라고 볼 수 있다.

낮선 설렘을 유지하는
개방성과 호기심

"작가는 세상에 주의를 기울이는 사람이다."

－수전 손택, 『문학은 자유다』

작가의 성격과 글쓰기 능력이 관련이 있을까? 얼핏 보면 크게 관련이 없어 보이기도 한다. 작가마다 워낙 다양한 성격이 있는 것처럼 보이고, 그에 따라 문체도 다채롭기에 특정한 성격이 글쓰기에 유리하다고 보기는 힘들 수 있다. 거기다가 성격을 분류하는 방법도 여러 가지에, 그 경계도 다소 모호하다. 글쓰기를 논하는 데 있어서 굳이 작가의 성격을 이야기할 필요는 없을 수도 있다. 그럼에도 나는 어떤 성격적 특징은 분명 글쓰기와 관련이 있는 것은 물론이고, 필연적으로 도움이 된다고 본다. 글쓰기에 있어서 확실히 도움이 되는 특성은 개방성과 호기심이다. 이 두 가지 특성은 마치 동전의 양면처럼 한 몸을 이루고 있으며, 동시에 시너지 효과를 일으키기도 한다. 더불어 개방성과 호기심은 단지 타고나는 것만이 아니라 얼마든지 훈련할 수도 있기에, 글을 쓰는 과정에서 이를 발전시키게 되면 작가 자신의 삶 자체도 더욱 고양될 수 있다.

개방성이 몸통이라면 호기심은 빨판

20세기 후반에 활약했던 가장 저명한 문화 비평의 대가라면 단연 수전 손택Susan Sontag을 꼽을 수 있다. 그녀는 문화, 사진, 질병, 전쟁에 관한 다양한 글을 쓰면서 세계적인 영향력을 끼친 인물이기도 하다. 스스로 작가이면서 동시에 다른 작가의 글을 비평하기도 했던 그녀는 이런 말을 남겼다.

"작가는 세상에 주의를 기울이는 사람이다."

이 말에서 주의를 기울이는 것을 뜻하는 'pay attention'

은 단지 세상에 관심을 가지고 있다는 정도의 의미로만 보기는 어렵다. 그것은 매우 강한 의지와 호기심으로 세상을 지켜보고, 해석하고, 또한 세상을 통해서 자기 자신을 바라본다는 의미이기도 하다. 결국 이 짧은 한마디에 글 쓰는 사람이 가져야 할 개방성과 호기심에 대한 이야기가 담겨 있다고 볼 수 있다. 개방성은 발전하는 글쓰기를 위한 제1의 덕목이라고 해도 과언이 아니다. 개방적인 사람은 항상 새로운 경험을 추구하고 지적인 욕구도 매우 왕성하다. 기존에 자신이 가지고 있던 신념이나 가치관도 언제든 수정할 준비가 되어 있으며, '네 편, 내 편'을 따지지 않기에 다양한 사람과 소통하면서 타인의 내면을 이해하기에도 좋은 조건을 갖추고 있다. 그는 자신만의 생각이 없는 것은 아니지만, 그렇다고 고집스럽게 유지하려고 하지 않는다. 그러니 지식과 지식이 융합하면서 창의적인 생각으로 발전할만한 토양이 마련되어 있다. 또 원칙을 고집하기보다는 융통성과 유연성을 가지고 있기에 사물을 전혀 다른 시선에서 볼 줄 아는 능력도 생기게 된다. 이렇게 개방성이 충분한 사람이라면 약간의 문장 수업만으로도 글을 잘 쓸 수 있게 된다.

실제로 나는 이런 사람을 만나서 글쓰기 수업을 진행한 경험이 있다. 그녀의 학력 자체는 높지 않았다. 이십여 년 전에 고등학교만 졸업하고 사회로 나온 사람이었다. 당시 20대 초반이었던 그녀는 글을 쓰고 싶다는 열망이 강했지만, 글을 써 보거나 배워 본 적은 한 번도 없었다. 그런데 그녀의 성격에 특징적인 모습들이 보였다. 밝고 유쾌했으며, 무엇이든 받아들이려고 했고, 해 보지 않았던 것을 시도하는 것에도 주저함이 없었다. 또한 그 어떤 사람과도 친해지기를 꺼리지 않았다는 점도 그녀가 가진 개방성을 엿보게 했다. 나와의 글쓰기 수업을 꾸준하게 한 이후 그녀는 프리랜서 기자를 하기도 했고, 심지어 한 종교 단체에서 글로 홍보를 하는 역할까지 맡았다. 개방적인 성격과 글쓰기가 만나면서 자신의 인생이 완전히 바뀐 경우라고 할 수 있다.

삶의 해상도를 높이는 호기심

두 번째로 호기심은 개방성과 완전히 붙어있는 성격적 특질이다. 개방성이 세상을 향해 열려 있는 근원적인 배경, ‘몸통’에 비유될 수 있다면, 호기심을 세상의 온갖 지식에 달라붙는 ‘빨판’이라고 볼 수 있다. 이는 세상에 관심을 쏟고 더 깊이 있게 파고드는 능력이라고 요약할 수 있다.

호기심은 진정한 ‘영재의 자격’이기도 하다. 한국과학기술원KAIST 영재교육센터 이성혜 센터장은 〈중앙일보〉와의 인터뷰에서 현대적인 의미의 영재에서 가장 중요한 점 하나는 바로 ‘호기심’이라고 말한다.

“영재는 호기심을 바탕으로 끊임없이 질문하는 특성을 갖고 있다. 단순히 공부를 잘하는 아이는 선생님이 시키는 걸 꾸준히 잘하는 학생이라면, 영재는 자기가 궁금한 분야를 스스로 탐구하는 학생이다. 그래서 영재들은 굉장히 집요하게 생각하는 모습을 보인다. 궁금한 게 생기면 그게 해결될 때까지 학교에서, 버스 안에서, 자기 전까지도 생각에 빠져서 헤어나오지 못할 정도로 깊게 몰입한다.”

때문에 호기심이 가득한 사람은 글을 쓸 수 있는 매우 훌륭한 조건을 갖춘 것이다. 사실 세상에 대한 호기심이 별로 없는 사람이라면, 새로운 메시지를 만들고 독자에게 전하는 글쓰기라는 행위 자체에 큰 관심이 없을 것이다. 결국 호기심을 기반으로 세상의 많은 지식과 지혜를 한껏 흡수한 사람이 당연히 그것을 표현하고자 하는 욕구도 강해지게 되고, 바로 이것이 글쓰기의 원동력이 될 수 있다. 특히 호기심이 잘게 쪼개지면 더 많은 영역으로 지식을 확장해 나갈 수도 있다. 자신의 과거 인생 경험과 전혀 관련이 없는 분야에 대해서도 관심을 갖게 되고, 남들은 사소하게 지날 수 있는 것에도 의문을 품게 되면, 그가 이해하는 세상은 훨씬 더 풍부하고 디테일해진다.

하지만 이렇게 개방성과 호기심이 글쓰기에서 좋은 덕목이라고 한다면, 그렇지 않은 사람은 글쓰기에 불리한 입장에 놓인 것일까? 전혀 그렇지 않다. 이 두 가지는 태어나면서부터 가진 것이기도 하지만, 그렇지 않은 사람도 얼마든지 훈련으로 얻을 수 있는 것들이기도 하다. 미국 캘리포니아 대학교 연구팀은 의도적으로 호기심을 활성화하려는 일상의 노력으로 본래의 성격이 변화할 수 있다는 가능성을 입증했다. 개방성도 마찬가지다. 기존의 익숙한 일상과는 다른 것, 새로운 환경이나 사람에 노출되면 개방성도 얼마든지 늘어날 수 있다. 더 중요한 사실은 이러한 호기심과 개방성 훈련이 삶 자체도 성장시키는 역할을 한다는 점이다. 개방적인 능력이 점차 강화되면 환경 적응력이 향상되고, 스트레스에 대한 대응력도 올라 삶의 전체적인 만족도도 높아진다는 연구 결과가 있다. 게다가 호기심이 강한 사람은 스스로에 대한 동기부여 능력이 뛰어나 삶의 목적을 더욱 잘 느끼기 때문에, 늘 의미 있는 삶을 추구하면서 살아가게 된다. 결국 글쓰기를 잘하기 위해 훈련한 개방성과 호기심 덕분에 삶이 보다 행복해지는 성과를 얻을 수 있게 된다는 것이다.

낯선 길을 걸어가는 작가들

사실 글을 쓰는 행위 자체는 참으로 무모하기도 하다. 늘 자신이 모르는 곳, 낯선 곳으로 탐험해 나가야만 하기 때문이다. 하지만 이러한 과정은 즐거운 여정이기도 하다. 현대 문학과 드라마에서 압도적인 위상을 점하고 있는 스티븐 킹은 『유혹하는 글쓰기』에서 이렇게 말한다.

"나는 언제나 내가 모르는 곳으로 가는 것을 선호한다.

왜냐하면 내가 아는 곳으로 가는 것보다 훨씬 더 재미있기 때문이다. 내가 미리 모든 것을 알고 있다면, 그건 마치 이미 읽은 책을 다시 읽는 것과 같다. 새로운 것은 언제나 흥미롭다."

"나는 계획을 세우지 않고 글쓰기를 시작한다. 나는 이야기를 미리 짜는 사람plotter이 아니라, 이야기를 발굴하는 사람digger이다. 마치 내가 땅속에 묻힌 화석을 찾아내듯이, 이야기는 이미 존재하고 있고 나는 그것을 발견할 뿐이라고 생각한다."

개방성과 호기심을 가지게 되면 글 쓰는 일을 힘들게 느끼지 않고 오히려 즐거운 탐험으로 여긴다. 만약 자신에게 개방성과 호기심이 있다면 이를 더욱 발전시키기 위해 노력해야 하며, 만약 부족하다고 생각한다면 훈련을 통해 기르면 좋을 것이다.

가혹한 피드백에
무너지지 않는 글쓰기

"예술작품은 단지 물리적 대상이 아니다.
그것은 감상자의 개별적인 경험 속에서 살아 숨 쉴 때
비로소 진정한 예술작품이 된다."

−존 듀이, 『예술과 경험』

글쓰기에서 힘든 것은 단지 그 쓰기의 과정에서 겪는 여러 가지 일들만이 아니다. 사실은 한 편의 글이 끝난 후부터 본격적으로 시작되는 피드백이야말로 제대로 된 고통의 시작이다. 완성된 글이 전문가, 출판사, 독자의 좋지 않은 평가를 받게 되면 그것은 마치 자신에 대한 직접적인 공격처럼 느껴진다. 그러다 보면 피드백을 싫어하게 되고, 심지어는 이를 거부하는 경우도 생긴다. 하지만 우리는 피드백이 나쁘면 화가 나고, 좋으면 신난다는 차원, 혹은 더 나아가 피드백 자체가 필요 없다는 관점에서 벗어나 다른 차원으로 가야만 한다. 피드백과 비평이야말로 작가라는 존재를 완성하는 조건이며, 그로 인해서 진정한 작가로 거듭난다고 봐야 한다. 글쓰기는 타인과의 교류 속에서 자신을 완성해 나가는 성장의 철학이기도 하다.

하나의 글에 대한 서로 다른 평가

오래전에 소설가를 지망한다는 한 40대 남성을 우연한 소개로 만난 적이 있었다. 그 사람을 소개해준 지인은 그를 '글에 대한 대단한 열정을 지닌 사람'이라고 평했다. 당시에는 온라인 공간이 활성화되지 않은 시기였기에, 그는 늘 공책에 빼곡하게 글을 썼다. 그의 방을 구경했을 때는 정말 그 노력에 경탄하지 않을 수 없었다. 한쪽 벽면 전체가 그의 공책들로 가득했기 때문이다. 그렇게 글을 써온 시간이 무려 10년이 넘었다고 했다. 나는 가볍게 '출판사에 한번 보내 보는 게 어떻겠냐'고 물었지만, 그는 별다른 반응을 하지 않았다. 다소 시간이 흐른 뒤 지인을 만나 그 소설가 지망생의 근황을 물어봤지만, 그는 여전히 골방에서 글만 쓰고 있다고 했으며, 출판사에 글을 보내지는 않았다고 했다. '소설가 지망생'이라면 분명히 혼자 만족하기 위해서 글을 쓰는 것은 아닐 것이다. 그럼에도 그가 10년째 글만 쓰고 있는 이유는 딱 하나로 추정할 수밖에 없었다. 만약 부정적인 피드백을 받거나, 출판사로부터 거절을 당하면 자존감에 심각한 타격을 입을 것이고, 그것이 두려웠던 것이다.

사실 살다 보면 누구나 자존감이 상하는 경험을 하곤 한다. 그럴 땐 화도 나고, 자신에게 실망도 하고, 심지어 역공하고 싶은 마음마저 든다. 글쓰기에 대한 혹독한 피드백에 비하면 그 이외의 분야에서 자존감이 상하는 일은 그나마 나은 편이다. 글쓰기는 자신이 매우 공들여서 하는 작업이고, 심지어 '영혼을 갈아 넣는다'는 표현도 과하지 않은 정도로 혼신의 노력을 다하기 때문이다. 이렇게 완성해낸 글에 대한 피드백이 처참하면 자존감이 무너지는 것은 물론, 때론 정체성까지 흔들린다. 사실 글은 어떤 면에서 글쓴이 자체이며, 작가의 자아를 투영한 것이기도 하다. 따라서 글에 대한 혹독한 비판을 듣게 되면 아무런 일도 없었다는 듯 일상생활을 하기가 매우 힘들다.

이런 고통스러운 상황에서 자신의 멘탈을 붙잡기 위해 스스로 빠지는 '잘못된 함정'이 있다. 그것은 바로 '창작물에 대한 평가는 사람마다 모두 다르니까 신경 쓸 필요 없지 않아?'라는 생각이다. 수많은 출판사로부터 거절을 당한 후 대박을 친 작품들의 이야기는 이러한 생각을 강화해 준다. 열 곳 이상의 출판사로부터 거절당한 후 세계적인 신드롬을 일으킨 J.K. 롤링의 『해리 포터』 시리즈나, 백여 곳 이상 거절을 당했지만 결국 출간되어 전 세계에서 2억 5천만 부나 팔린 잭 캔필드의 『영혼을 위한 닭고기 수프』가 대표적이다. 이외에도 이렇게 '거절 끝에 빛을 본' 책들은 꽤나 많다. 따라서 출판사로부터의 피드백이 별로 대수롭지 않다고 생각하며, 자신도 이러한 작품을 만들 수 있다고 여길 수 있다. 심지어 출판사가 아닌 전문 작가들에 의한 평가도 그때그때 달라지기도 한다. 일본의 무라카미 하루키는 자신의 에세이에서 이와 관련된 한 에피소드를 말했다. 한때 그는 미국 보스턴에 있는 대학에서 문학을 강의하면서 학생들의 글을 읽고 지도해 준 적이 있다. 한 학생의 글을 읽어본 그는 썩 잘 쓴 글이라고 보기는 힘들었지만, 군데군데 괜찮은 곳도 있어서 이를 지적해 주면서 고칠 부분을 말해 주었다고 한다. 그런데 학생은 매우 당황스러워하며 다른 교수님은 정반대로 조언했다고 전했다. 분명 하루키 역시 매우 당혹스러울 것이다. 결국 이러한 이야기들은 '글에 대한 평가는 그때그때 다르기에 누군가의 피드백을 반드시 믿을 필요는 없고, 더군다나 독자들의 수준이 낮을 수도 있으니 상처받을 필요가 없다'라는 생각을 하게 만든다. 그렇다면 피드백은 신경 쓸 필요가 없는 주관적인 판단의 영역에 불과할까?

상호 주관성을 획득하지 못한 글

한 바이올린 연주자가 있다고 해 보자. 그는 연습을 위해 무대에 올라 텅 빈 공연장에서 연주를 했다. 그는 자신의 연주가 퍽 만족스러웠고, 자신감을 얻었다. 그런데 과연 이것을 공연이라고 볼 수 있을까? 아마 누구라도 그것을 연습이라고 하지 공연이라고 말하진 않을 것이다. 관객이 존재하지 않기 때문이다. 연주자의 연주가 관객의 청각에 닿고, 마음에 어떤 울림을 줄 때 비로소 그의 연주는 '작품'이 되고 그 당시의 상황은 '공연'이 되는 것이다. 이를 글쓰기에 그대로 가져온다면 혼자서 완성한 글은 그냥 컴퓨터에 있는 어떤 글의 뭉치일 뿐, 작품이라고 볼 수는 없다. 이 말은 곧 좋은 피드백을 받든, 혹독한 피드백을 받든, 어떤 사람에게 읽히고, 그에게서 특정한 평가를 받는 순간에야 비로소 글 뭉치가 작품으로 완성될 수 있다는 의미이다.

1800년대에 에드문트 후설Edmund Husserl이라는 철학자가 창시한 현상학은 현대 철학사에 매우 깊은 영향을 미친 사조였다. 여기에서의 '현상'이란, 우리가 흔히 쓰는 '눈에 보이는 모습'을 지칭할 때의 현상과 같은 의미다. 그런데 이 철학에서 매우 중요한 개념 하나가 바로 상호주관성inter-subjectivity이다. 나에게는 나의 주관이 있고, 상대방에게도 그만의 주관이 존재한다. 이러한 주관과 주관이 겹치는 상호 주관성이 있어야만 비로소 우리가 살아가는 공동의 세계가 만들어진다는 이야기다. 이 상호주관성은 작품에도 그대로 적용된다. 혼자 하는 연주, 혼자 쓴 글은 자신의 주관적 의식에만 존재할 뿐, 아직 타인의 주관성과 만나지를 못한 것이다. 미국의 철학자이자 교육이론가인 존 듀이John Dewey는 『예술과 경험』에서 이렇게 이야기했다.

"예술작품은 단지 물리적 대상이 아니다. 그것은 감상자의 개별적인 경험 속에서 살아 숨 쉴 때 비로소 진정한 예술작품이 된다."

좀 심하게 말하자면, 혼자서 쓴 글은 아무런 존재의 의의와 가치도 획득하지 못했다고도 할 수 있다. 그간 글을 완성하면서 들인 노력과 시간을 생각하면 다소 억울할지도 모르겠지만, 철학적으로 보자면 정말 그것은 아무것도 아니라는 게 확실하다. 자신의 글이 세상에 드러나는 그 피드백의 순간이야말로, 이제까지 공들여 쓴 자신의 작품이 비로소 존재 의의와 가치를 획득하는 순간이기 때문이다. 따라서 피드백은 반드시 있어야만 하고, 그것을 두려워하거나 가치를 부인해서는 안 된다.

다만 이 과정에서 문제가 되는 건 좋은 피드백이 있으면 힘과 용기가 나고, 나쁜 피드백이 있으면 우울과 무력감이 몰려온다는 것이다. 하지만 피드백에 연연해 급격하게 감정이 흔들릴 필요는 없다. 우선 피드백을 하는 사람 자체가 글쓴이를 인격적으로 무시하거나 그의 정체성과 자아를 뒤흔들기 위해 평가를 하지는 않는다는 것을 항상 기억해야 한다. 그들은 단순히 자신의 눈높이에서 그 글이 어느 정도의 수준인지, 혹은 출판사에서 과연 출판할 수 있을지의 여부를 판단하는 것일 뿐, 작가의 자존감을 무너뜨리는 것에는 전혀 관심이 없다. 설사 좋은 글이라는 평가를 받았다고 해도 너무 우쭐할 필요는 없다.

자신의 글에 대한 비판은 글을 배우는 매우 중요한 과정이다. 미국의 작가이자 편집자이자 교수인 윌리엄 진서William Zinsser는 글쓰기 분야에서 매우 유명한 인물이다. 글쓰기 분야의 고전으로 평가받는 그의 저서 『글쓰기 생각쓰기』에는 이런 내용이 나온다.

"글쓰기는 쓰면서 배우고, 읽으면서 배우고, 다른 작가의 글을 분석하면서 배운다. 그리고 비판을 받되, 그 비판에 무너지지 않음으로써 배운다."

진서의 말에서 방점이 찍힌 부분은 '비판에 무너지지 않아야 배울 수 있다'는 점이다. 그런데 사실 이것이 말이 쉽지, 실제로 비판을 받기 시작하면 견뎌내기가 상당히 어렵다. 하지만 글에 대한 비판은 숙명과도 같은 것이기에 받아들여야만 한다. 나 역시 초창기에 나의 글과 책에 대한 피드백을 견디기 힘들어한 적이 있다. 또 하나 힘들었던 것은 이미 수 권의 책을 냈음에도, 늘 새로운 출간 계약에 앞서 출판사의 검증을 받는 '샘플 원고'를 써야 한다는 점이었다. 그럴 때마다 '작가는 평생 검증받고, 비판받을 수 있는 사람이구나' 되뇌곤 했다. 하지만 그 모든 과정은 반드시, 그리고 확실하게 글쓰기 실력을 높여주는 거름이 된다. 더 중요한 사실은 이렇게 비판을 견디고 배우는 능력이 우리의 삶에도 그대로 적용된다는 점이다. 타인의 쓴소리를 잘 받아들이지 못하는 사람은 지나친 완벽주의이거나 자존감이 낮다고 볼 수도 있다. 그런 점에서 자신의 글에 대한 비판을 견디며 성장하

려는 노력은 자신을 얽매고 있는 완벽주의로부터의 탈
피와 자존감 향상에도 도움이 될 수 있을 것이다.

회의

자신과의 싸움,
나를 의심하고 반박하기

"나는 내가 지금까지 받아들였던 모든 것을
거짓으로 간주할 것이다."

−르네 데카르트, 『방법서설』

우리는 살면서 수많은 생각을 하며 살아가지만, 보다 특별하게 성장과 발전에 관여하는 고차원적인 생각이 있다. 그것은 바로 '메타인지'라는 것이다. 이는 생각에 대한 생각이고, 의식에 대한 의식이다. 나에게 일어나는 모든 사고의 과정을 한 차원 높은 곳에서 내려다보면서 사고를 다시 점검하고 재구축하는 일이다. 1970년대 인지심리학자 존 플라벨John Flavell이 최초로 개념화한 메타인지는 이후 수많은 연구를 거치면서 인간 삶의 여러 방면에서 매우 중요한 역할을 한다는 사실이 밝혀졌다. 메타인지를 작동시키면 학업 성취와 문제 해결력이 증가하며, 정서와 정신 건강을 회복하고 유지하는 데도 탁월하다. 특히 타인과의 관계를 객관적으로 볼 수 있기에 사회생활을 하는 데도 큰 도움이 된다. 그런데 메타인지를 강화하는 매우 훌륭한 방법이 바로 글쓰기이다. 진심으로 글쓰기를 하다 보면 메타인지가 발달하지 않을 도리가 없을 정도로 그 영향력은 상당하다. 다만 메타인지의 작동이 '편견이라는 쳇바퀴'가 되지 않기 위해서는 데카르트가 말한 '방법적 회의'라는 도구가 필요하다.

글쓰기와 삶의 성장

메타인지에 관한 설명은 꽤 장황할 수 있기에, 키워드를 중심으로 보면 훨씬 더 명확하게 머리에 들어올 수 있다. 그것은 바로 자기 자신, 그리고 자신이 하는 일에 대해 다음과 같은 키워드로 설명해 보는 것이다.

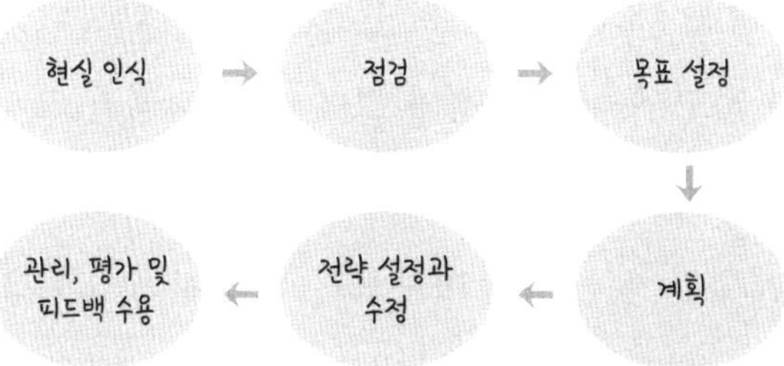

이러한 메타인지는 그 어떤 영역에도 적용할 수 있으며, 효율적으로 작동하면 결과를 완전히 다르게 만들 수 있다. 어떤 면에서 본다면, 일상의 거의 모든 분야에서 써먹을 수 있는 유용한 생각의 도구라고 할 수 있다. 공부에 적용하면 훨씬 많은 것을 빠르게 학습하고 깨달을 수 있고, 업무 프로젝트에 적용하면 성공의 가능성을 높일 것이다. 누군가와의 관계에서 심리적으로 고통스럽다면, 그에 걸맞은 매우 효과적인 해결 방법도 제시해 준다. 한번 갖게 되면 평생 써먹을 수 있는 '요술 방망이'라고 표현할 수도 있을 것이다.

그리고 이러한 일련의 메타인지 과정에 매우 능숙해지면, 삶 전체에도 영향을 미친다. '생각하는 대로 살지 않으면, 사는 대로 생각하게 된다'는 말을 들어 보았을 것이다. '사는 대로 생각한다'는 것은 메타인지의 필터를 거치지 않고 주어진 환경과 그에 따른 감정을 그저 있는 그대로 받아들이는 것을 말한다. 이렇게 되면 현상에 대한 기계적인 반응에만 머무르기 때문에 주도적으로 살아가기가 힘들게 된다. 반대로 '생각하는 대로 산다'는 것은 앞에서 제시했던 메타인지의 키워드가 일상 곳곳에서 작동하고 있다는 의미이다. 따라서 당연히 한 차원 높은 곳에서 모든 과정을 지켜보면서 가장 효과적으로 삶을 주도할 수 있다.

무엇보다 중요한 것은 바로 이러한 메타인지를 기르는 데 가장 효율적인 방법이 글쓰기라는 것이다. 일단 글을 쓰기 위해서는 자신이 무엇을 알고 있는지 생각부터 정리해야 하고(현실 인식), 이 정리된 생각으로 독자에게 전할 적절한 메시지를 만들어야 한다(점검). 이후 주제와 소재를 구체적으로 선정해야 하며(목표 설정), 개별 문단을 전체 흐름에 맞게 구성해야 한다(계획), 이후 실제 글쓰기에 들어가 계속된 수정을 하고(전략 설정과 수정), 마지막에는 퇴고를 하고 전문가의 피드백을 받게 된다(관리, 평가 및 피드백 수용). 따라서 글쓰기를 하다 보면, 자연히 메타인지가 발달하고, 그것을 삶에 적용하며 더 나은 성장을 거듭할 수 있다.

물론 꼭 글쓰기만이 메타인지를 발전시킬 수 있다는 이야기는 아니다. 예를 들어 토론을 많이 해 본다거나, 여러 팀원들이 함께하는 프로젝트에 다수 참여해 보는 것, 혹은 누군가를 가르쳐 보는 일도 분명 메타인지에 도움이 된다. 하지만 이는 모두 타인이 있어야 이루어지는 일이기 때문에 혼자서 오롯이 해 나가기에는 제한적일 수밖에 없다. 따라서 혼자 이루는 메타인지의 성장은 글쓰기가 단연 압도적인 힘을 가지고 있다고 자신한다.

메타인지가 빠지는 함정, 편견

그런데 이 메타인지를 스스로 만들어가는 과정에서 빠질 수 있는 매우 큰 함정이 있다. 이를 지적한 사람이 바로 미국의 철학자이자 심리학자인 윌리엄 제임스이다. 그는 이렇게 이야기했다.

"대부분의 사람은 자신이 생각하고 있다고 여기지만, 실제로는 단지 자신의 편견을 재배열하고 있을 뿐이다."

만약 이런 상태라면 메타인지를 위한 여러 과정을 반복한들, 그 일련의 과정은 그저 편견의 쳇바퀴를 돌고 있을 뿐이며, 실제 메타인지가 작동되어 유의미한 결과를 가져오기가 힘들다. 바로 이런 현상을 표현한 것이 바둑에서 사용되는 '장고長考 끝에 악수惡手를 둔다'는 말이다. 신중하고 오랜 시간 생각하면서 바둑의 한 수를 두었지만, 결국에는 자신을 망치는 나쁜 수가 된다는 의미이다. 이러한 함정에 빠지지 않기 위해 필요한 것이 바로 프랑스의 철학자이자 과학자인 르네 데카르트René Descartes가 수행했던 '방법적 회의'이다.

1637년, 데카르트는 중세 철학에서 벗어나 근대 철학을 견인하는 매우 기념비적인 저서 한 권을 발표했다. 그 제목은 매우 긴데, 『자신의 이성을 잘 이끌고 학문에서 진리를 찾기 위한 방법에 대한 담론』이다. 철학서치고는 꽤 친절한 제목이라고 볼 수도 있겠다. 이후 『방법서설』이라는 짧은 제목으로 불린 이 책에서 그는 철학의 역사에서 전례 없는 시도를 했다. 그는 책의 앞부분에서 이렇게 선언했다.

"나는 내가 지금까지 받아들였던 모든 것을 거짓으로

간주할 것이다."

그가 모든 것을 거짓으로 간주하는 이유는 그 누구도 의심할 수 없는 진리의 출발점을 찾기 위해서였다. 이전까지 많은 철학자가 의심할 수 없는 것이라고 여기며 의존했던 것은 감각이나 경험, 혹은 수학적인 판단이었다. 일상적인 차원에서 보더라도 내가 느끼는 감각이나 경험했던 일들은 의심할 여지 없이 부동의 진리처럼 느껴진다. 몸이 아플 때 느껴지는 통증의 감각, 마음이 아픈 심리적인 고통은 내가 생생히 느낄 수 있는 확실한 사실이다. 하지만 데카르트는 그렇지 않다고 말한다. 그 증거는 바로 꿈이다. 우리는 꿈을 꿀 때도 몸이 아프다고 느끼고, 심리적으로도 고통을 느끼곤 한다. 거기다가 꿈에서도 경험을 한다. 나쁜 사람에게 쫓긴다든지, 구덩이에 빠지기도 한다. 따라서 데카르트는 감각도, 경험도 믿을 수 없다고 봤다.

수학적인 판단도 마찬가지다. '1＋1＝2'라는 것은 그 누구도 부인할 수 없을 것 같지만, 여기에서도 데카르트는 하나의 가설을 내세웠다. 어쩌면 '나를 속이는 데 온 힘을 다하는 악한 기만자'가 있을 수 있다는 이야기다.

만약 그렇다면 '1+1=2'라는 수식도 순진하게 믿고 있을 수만은 없다. 그렇다면 모든 것이 혼란에 빠진다. 내가 겪는 나의 감각이나 경험도 믿을 수 없고, 가장 기본적이고 단순한 수식도 믿지 못한다면, 도대체 무엇이 진리이고 무엇이 거짓이란 말인가? 이렇게 되면 인간은 진리를 향한 그 어떤 출발점도 찾을 수 없다는 말이 된다. 바로 이 지점에서 데카르트는 말한다.

"모든 것을 의심할 수는 있어도, 그 모든 것을 의심하는 나 자신은 의심할 수가 없다."

결국 데카르트는 '의심하는 나' 자체는 아무리 노력해도 부인할 수 없는 최초의 진리라고 봤으며, 바로 여기에서부터 모든 철학을 시작해 나간다. 이렇게 의심을 통해서 진리로 나아가려는 것을 바로 '방법적 회의'라고 부른다.

스스로 딴지 걸기, 방법적 회의

메타인지를 '편견의 나열'이라는 함정에서 구하기 위해 우리에게 필요한 것이 바로 방법적 회의다. 의심은 나의 생각을 스스로 반박하는 행위이고, 끊임없이 딴지를 거는 일이다. 물론 심리적으로는 매우 불편한 일이 아닐 수 없다. 옆에서 끊임없이 이것저것을 따지는 사람이 있다면, 보통 귀찮은 존재가 아닐 것이다. 하지만 이 과정에서 논리적 오류가 해결되고, 주장의 객관성이 확보될 수 있다. 따라서 이 과정을 거치지 않으면 제대로 된 메타인지도, 또 제대로 된 글쓰기도 이루어질 수가 없다.

나 역시도 내가 하루에 하는 생각 중 6~7할은 내가 이미 했던 생각에 다시 반론을 가하고, 의심하는 일이라고 할 수 있다. 그것은 마치 여러 사람이 머릿속에서 중구난방 목소리를 내는 것과 다르지 않다. 실제 내가 경험한 일이라고 하더라도 내 해석이 잘못되지 않았을까 의심하고, 일상적으로 내가 쓰는 말들이 다른 의미로 받아들여지지 않을까 하며 반복적으로 되짚어보곤 한다. 만약 이러한 내 생각의 과정이 그대로 외부로 노출된다면, 어쩌면 정말로 이상한 사람으로 보일 것이며, 정신 질환의 하나로 간주될 수도 있다. 실제로 계속되는 자기 의심은 강박 장애나 불안 장애, 회피성 성격 장애 등으로 분류되기도 한다.

하지만 글을 쓰는 모든 사람은 '데카르트의 후예'가 되어야 한다. 메타인지를 키우고 활용하되 그것이 편견의 나열이 되지 않기 위해서, 글을 쓰되 그것이 정말로 설득력을 갖추기 위해서는 계속해서 방법적 회의를 해 나가는 것 외에는 다른 길이 존재하지 않는다.

영감과 감동,
작가 혼자 신나지 않기

"판단 유보를 통해 그들이 얻게 되는 것은
우연히 찾아오는 마음의 평온이다."

−섹스투스 엠피리쿠스,『피론주의 개요』

글을 쓸 때 매우 소중하지만, 아주 다루기 힘든 골치 아픈 두 녀석이 있다. 바로 '영감'과 '감동'이다. 영감은 글을 쓸 때 매우 기발한 착상이나 아이디어, 창의적인 생각을 의미한다. 어떤 면에서 본다면 글을 써 나가는 굵직한 원동력이라고 볼 수 있다. 감동은 무엇인가로부터 받게 되는 강한 정서적 공감이나 반응이다. 글을 쓰는 사람은 그 어떤 형태로든 감동을 받아야만, 그것이 글에 녹아들면서 독자들에게도 감동을 줄 수가 있다. 하나는 사고의 영역에서, 또 하나는 정서의 영역에서 작동하기 때문에 이 둘은 글쓰기의 양축을 이루면서 상당한 영향을 미칠 수 있다. 그런데 나는 이것이 '다이너마이트가 아닌가' 하는 생각을 종종 했다. 필요한 곳에 잘 쓰이면 매우 훌륭한 결과를 만들 수 있지만, 자칫 엉뚱한 곳으로 던져지거나, 혹은 던져야 할 때 던지지 못하고 손에 쥐고 있게 되면 작가 자신이 폭파될 수도 있다는 의미에서다. 예전에 몇 번 이들을 잘못 다루다가 글쓰기의 블랙홀에 빠진 적도 있고, 반면 이 둘의 도움을 받아 큰 도약을 한 적도 있다. 그래서 요즘에는 영감이 떠오른다거나, 혹은 감동하는 지점이 생기면 일단 '판단 중지'부터 하게 된다. 다이너마이트를 손에 쥐었을 때에는 본격적으로 불을 붙이기 전에 어디로, 어떻게 던질지 충분히 생각해야 하기 때문이다.

강렬한 사랑과 영감의 공통점

예술가들은 종종 뮤즈Muse를 만난다고 한다. 뮤즈는 고대 그리스 신화에 나오는 예술, 문학, 음악을 관장하는 여신인데, 현대적으로는 예술가들의 창작 활동에 영감을 주는 사람을 의미한다. 피카소가 도라 마르에게 깊은 영감을 받았다느니, 존 레논이 오노 요코를 만나면서 창작 활동에서 큰 영향을 받았다느니 하는 말들이 종종 있다. 하지만 나는 주로 남녀 관계에 비유되는 뮤즈의 이야기를 들을 때마다 딱히 수긍이 가지는 않았다. 두 사람이 깊고 강렬하게 사랑하는 사이가 될 수 있고, 그런 감정이 창작 활동에 다소간의 도움이 될 수는 있겠지만, 그렇다고 거기에서 뭔가 '깊은 영감'까지 받겠냐는 의구심이 들었기 때문이다. 게다가 굳이 예술가는 남자고, 뮤즈는 대부분 여자라는 점에서도 딱히 공평한 구도가 아니라는 생각이 들었다.

그런데 이 뮤즈 담론에서 우리는 영감이 가지고 있는 매우 유별난 특징 하나를 알 수 있다. 작가가 글을 쓸 때 특정한 영감에 강하게 사로잡히면 거기에서 헤어나오기가 몹시 어렵다는 것이다. 이것은 마치 남녀의 강렬한 사랑, 혹은 예술가가 뮤즈에 흠뻑 빠졌을 때 생기는 끌림과 매우 비슷하다. 상대방의 모든 것이 완벽하고 아름답게 보이면서 급격한 감정적 의존 상태에 빠지게 된다. 강렬한 영감을 느낀 작가도 마찬가지의 상태에 놓인다. 자신의 영감이 대단한 것이며, 자신만 특별히 느낄 수 있다는 생각을 하면서 강한 몰입감을 경험하게 된다. 감동이라는 것에 대해서도 작가가 보이는 증상은 비슷하다. 가슴이 뭉클하거나 두근거리는 신체적 증상까지 겹치면서, 순식간에 긍정적인 자신감이 끓어 오른다. 자신이 경험한 감동을 가감 없이 쓰기만 해도 독자들이 감동의 쓰나미에 휩쓸릴 것이라고 확신하게 된다.

영감과 감동이 이처럼 강렬하기에 글을 쓰는 데에도 도움이 되는 것은 틀림없는 사실이지만, 그것이 독자들과 거리감이 있을 때 그 다이너마이트는 거꾸로 자신에게 향하게 된다. 거기에서 헤어나오지 못한 채 블랙홀처럼 빨려들게 된다는 이야기다. 한 사람을 사랑하게 되면 그 순간만큼은 다른 사람이 전혀 눈에 들어오지 않듯, 작가가 영감이나 감동의 블랙홀에 빠져들기 시작하면 그때부터 독자의 감흥이나 시선, 대중의 정서와는 거리가 멀어지게 된다. 한마디로 작가 혼자 열광하지만, 독자에게는 그저 그런 글쓰기를 하게 된다는 것이다.

재미없는 영화는 왜 만들어지지?

영화를 무척이나 좋아하는 나는 예전부터 재미없는 영화에 대한 하나의 의문이 있었다. '내가 봐도 재미없고, 누가 봐도 재미없을 것 같은 저 영화는 도대체 어떻게 만들어졌을까?'. 여기에서 중요한 건 '왜 만들었을까?'가 아니라 '어떻게 만들어졌을까?'이다. 영화는 책과는 달라서 한두 사람의 힘으로 완성되지 않는다. 투자 회사의 직원들, 감독, 시나리오 작가, PD 등 많은 이들이 만들어 내는 집단 지성의 결과물이다. 그들 모두가 전문가로서 사고할 수 있고, 제작에 대한 말을 할 수 있을 위치임에도 불구하고 객관적인 판단이 제대로 이루어지지 않았다고 볼 수밖에 없다. 왜 이러한 환경이 조성되었는가를 생각해 볼 때, 나는 시나리오 작가나 감독이 작품을 만드는 과정에서 자신만의 영감과 감동에 지나치게 심취하고 고집했기 때문은 아닌가 진단해 봤다. 어색하고 억지스러운 설정이나 대화, 장면, 흐름이 일관되게 영화 끝까지 이어지는 형국은 작가나 감독이 자신만의 강렬한 영감이나 감동에 사로잡히지 않고는 생길 수 없는 일이라고 보았기 때문이다. 무엇보다 한편으로 영화인들은 충분히 그럴 만한 환경에 놓여 있다고 볼 수도 있다. 그들에게 영화 한 편은 제작비나 파급력 면에서도 나처럼 책 한 권 쓰는 수준의 일이 아니다. 어쩌면 매 작품이 인생 전부를 거는 일이고, 그러다 보니 압박감이 엄청날 수밖에 없다. 실제로 과거에 만났던 한 젊은 남자 영화 감독이 남겼던 말이 아직도 기억난다.

"영화 작가나 감독치고 제정신 가지고 사는 사람 별로 없어요."

물론 여기에서의 '제정신이 아니다'라는 말은 정말 그들의 머리가 이상하다는 의미는 아니다. 그들이 가지고 있는 압박감과 스트레스가 일반인의 상상을 초월한다는 이야기다. 내가 글을 쓸 때 느끼는 강도와는 비교할 바도 아닐 것이다. 하지만 그런 힘든 시간을 견뎌내야 하는 그들이기에 오히려 자신에게 떠올랐던 초기의 영감을 과도하게 확신하고, 자신이 받았던 감동에 지나치게 의존하지 않았나 싶기도 했다. 결과적으로 보자면 영감과 감동이라는 다이너마이트가 잘못 사용되었을 가능성이 크다는 이야기다.

판단 중지를 통한 마음의 고요

나 역시 글을 쓰면서 영감과 감동 때문에 곤란한 일을 겪기도 했다. 때로는 혼자만의 흥분에 휩싸여 신나게 썼던 상당한 분량의 원고 전체를 날려야 하는 일도 겪곤 했다. 꽤 괜찮은 영감이라고 여겨 메모해둔 것이 나중에 보니 꽤나 하찮은 내용이었던 적도 많았다. 이런 일을 반복적으로 겪다 보니 나름의 방법을 대비하지 않을 수 없었고, 고대의 회의주의 철학자들의 '에포케epoché'를 활용해 보면 어떻겠냐는 생각이 떠올랐다. 에포케는 모든 판단을 중지한 채 있는 그대로를 그저 바라보는 일이다. 당시 회의주의 철학자들은 인간이 어떤 확실한 지식이나 진리를 얻는 것은 불가능하다고 봤으며, 따라서 모든 판단을 유보해야 한다고 주장했다. 그들의 방법을 활용해 본다면, 지금 당장 느끼는 영감과 감동에 대해서도 일단은 판단 중지가 필요하다. 아무리 믿음직해 보이고, 나를 전율에 가까운 상태로 몰아넣는다고 하더라도, 일단은 분위기만 살피고 가슴으로 와락 품지는 않는 태도다. 여기에 더 이익이 되는 부분은 이러한 판단 중지의 과정에서 얻게 되는 부수적인 마음의 상태이다. 그것은 '아타락시아ataraxia'로 불리는 마음의 평정과 고요이다. 판단을 잠시 유보하면서 흥분과 불안이 잠재워지고 평정이 찾아온다. 이러한 과정들이 다소 습관화된 이후에는 과도하게 몰입해서 함정에 빠지는 일이 줄어들고, 영감과 감동이라는 다이너마이트를 보다 효율적으로 사용할 수 있게 됐다.

이후 종종 글을 쓰는 내 마음의 상태를 이미지화해 보곤 했는데, 그것은 거대한 강물이 보여 주는 격랑도 아니고, 호수에서 느껴지는 한없는 고요함도 아니었다. 대체로 '낮은 소리로 찰랑거리며 흘러가는 시냇물' 정도가 아닐까 싶다. 계속해서 무엇인가가 시도되고 오르내리곤 하지만, 그렇다고 다이너마이트를 손에 쥐고 흥분해서 어쩔 줄 몰라 하는 위태로운 상태는 아니라는 이야기다.

글을 쓰는 사람이라면 자신의 영감과 감동의 위력과 매력에 흠뻑 사로잡히는 일도 있을 것이고, 분명히 그런 경험도 자주 해 보아야 한다. 하지만 그럴 때마다 섣부른 판단을 자제하는 에포케와 고요한 아타락시아를 기억한다면 충분히 도움이 될 수 있을 거라고 본다.

호모 루덴스,
인간의 글쓰기는
멈추지 않는다

"바둑은 즐기는 것입니다. 즐기는 것이 기본이기 때문입니다.
그런데 어느 순간부터 제가 바둑을 즐기고 있나
그런 의문을 가졌습니다.
이번 알파고와의 대국을 통해 원 없이 마음껏 즐겼습니다."

－이세돌, 인공지능 알파고와의 대국에서 패배한 후

요즘 시대의 글쓰기를 논하는 데 있어서 단연 인공지능에 관한 이야기를 하지 않을 수 없다. 많은 사람이 인공지능의 글쓰기 실력에 대해 경탄하는 것을 넘어 두려움까지 느끼기 때문이다. 특히 그 능력이 이미 웬만한 인간 수준이라는 점에서 놀랍기 그지없다. 일본에서는 인공지능이 쓴 소설이 문학상의 1차 심사를 통과하기도 하고, 중국에서는 인공지능이 쓴 SF 소설이 문학상을 수상하기도 했다는 소식이 있기도 하다. 한 대학교수는 66개의 프롬프트를 입력해 단 3시간 만에 A4 용지 25장 정도의 논문 초안을 작성했다고 한다. 이러한 사례들은 인공지능이 인간의 글쓰기를 위협하고 인간을 소외시킬 것이란 전망을 하게 한다. 하지만 정말 그럴까? 너무 급격하고 빠른 변화가 다가오면 사람들은 다소 극단적인 생각을 하기도 한다. 지나친 기대와 과도한 공포는 때로 사태의 진정한 모습을 가리는 경향이 있다. 오랜 세월 글을 써 오고, 글쓰기에서 직접 인공지능을 활용해 본 나의 경험에 의하면, 아무리 인공지능이 글을 잘 쓴다고 한들 글쓰기의 본질은 전혀 변치 않는다. 오히려 인공지능 덕분에 우리의 글쓰기는 더욱 자유롭고 수준 높은 단계에 이를 수 있다.

감정선이 존재하지 않는 글

최근 나에게는 인공지능과 글쓰기에 대한 두 가지 에피소드가 있었다. 이 에피소드는 현재 출판 업계에 인공지능이 어느 정도 활용되고 진입했는지를 가늠하게 해준다. 2025년 초, 알고 지내던 한 출판사 사장님에게서 전화가 왔다. 지인이 '인공지능을 통한 자서전 사업'을 제안해 왔는데, 이에 대한 의견을 물어온 것이다. 사람 작가가 누군가의 자서전을 쓰면 비용도 많이 들고 시간도 오래 걸리니, 인공지능을 활용해 자서전을 쓰는 사업이라고 했다. 언론 기사를 찾아 보니 실제로 인공지능과 자서전을 결합하여 강의를 하기도 했고, '인공지능 기반 자서전 프로듀서'라는 새로운 용어도 생겼다. 게다가 포항공대에서는 인공지능을 활용한 자서전 제작 프로그램을 개발했다는 뉴스도 있었다. 이는 인공지능이 일부 출판 업계에 진입하려는 징후라고 볼 수도 있다. 다만 나는 인공지능의 일반적인 원리에 근거해 매우 부정적인 의견을 표했다. 사업적으로 돈을 얼마나 벌 수 있을지는 모르겠지만, 인공지능이 쓰는 글은 자서전의 본질에 부합하지 않고, 프롬프트의 지시에 따라서 결국 천편일률적으로 똑같은 글을 쓸 수밖에 없기 때문이다.

또 한번은 오래 알고 지내던 한 기획자와의 대화가 있었다. 그는 지인으로부터 출판이 가능하겠냐는 문의와 함께 원고 하나를 받았다고 했다. 원고는 매우 잘 읽혔고, 그다지 특별한 문제가 없어 보였지만, 왠지 읽으면 읽을수록 고개가 갸웃거려졌다고 한다. 도대체가 아무런 감정선이 느껴지지 않는 밋밋한 느낌이었던 것이다. 여기에서 '감정선'이라는 용어는 주로 방송이나 출판계에서 많이 쓰는 용어인데, 주인공이나 저자의 감정에 나타나는 미묘한 흐름과 변화를 의미한다. 감정선은 그 어떤 분야의 원고라고 하더라도 희미하게나마 살아 있다. 예를 들어 별로 감정이 담겨 있지 않을 것 같은 부동산 관련 원고라고 하더라도 분명히 존재한다. 기획자들은 이러한 부분까지 미세하게 알아보는 사람들이라서, 그 기획자 역시 원고를 가져온 저자에게 인공지능으로 쓴 글이 아니냐고 물었고, 저자는 그렇다고 답변했다고 한다.

이 두 가지 이야기는 현재 인공지능이 점차 출판 업계로 자신의 영역을 넓혀 가는 양상이라고 볼 수 있다. 하지만 정작 출판업 당사자들에게는 그다지 위협적인 화두가 되지도 않고, 실무에서의 영향력도 미미하다. 특히 내가 아는 편집자 대부분은 사실 인공지능이 작가의 능력을 대체하거나 일부라도 그럴 수 있다고 믿지 않는다. 그저 교정·교열에 활용하는 차원이나 객관적인 사실 확인 차원에서 기계적으로 활용할 수는 있겠지만, 그 이상도 이하도 아닌 정도다. 실력 있는 편집자는 앞선 기획자와 마찬가지로 인공지능이 쓴 글을 충분히 가려낼 수 있고, 그것이 출판에 있어서는 얼마나 가치 없는 글인지를 알고 있다.

기계의 본질과 발명의 목적

인공지능의 글쓰기에 대한 몇 가지 큰 오해가 있다. 우선 인공지능의 글쓰기 능력 자체에 대해서 두려움을 갖는 것이다. 인공지능이 쓴 문장이 너무 그럴듯하고 자료를 정리하는 능력이 압도적이어서 사람이 글을 쓰는 게 의미가 있을까 회의하는 경우가 있다. 여기에 대해서는 기계의 위상과 역할을 살펴볼 필요가 있다. 예를 들어 누군가가 세탁기를 발명했는데, 그 세탁의 양과 속도가 인간에게 미치지 못한다고 해 보자. 사람이 30분에 5kg의 빨래를 하는데 세탁기는 2시간 동안 2kg의 빨래를 한다면, 과연 이 세탁기를 발명한 의미가 있을까? 또 열차를 만드는데, 사람이 뛰는 것보다 느리다면 과연 이 열차는 존재의 의미가 있을까? 이러한 기계들은 곧 폐기될 것이며, 발명할 필요조차 없는 고철 덩어리라고 할 수 있다. 당연히 기계라는 것은 반드시 인간의 능력을 압도적으로 초월해야만 한다. 그렇지 않으면 기계로서의 존재 의미가 없기 때문이다.

인공지능이 인간의 글쓰기 능력을 매우 유사하게 따라하고, 때로는 위협할 수준이 된다면 그 인공지능이라는 기계는 매우 성공적으로 만들어졌다고 칭찬해야만 한다. 반약 그렇지 않다면 인공지능에 글쓰기 능력을 갖추게 한 의도 자체가 무의미해지기 때문이다. 그러니 이러한 당연한 일에 우리가 두려움이나 우려를 느낄 이유는 전혀 없다. 세탁기가 척척 빨래를 해내는 것에 대해서 아무도 공포를 느끼지 않는 것과 마찬가지로, 인공지능이 아무리 척척 글을 써 낸다고 하더라도 특별히 두려워할 필요는 없다.

또 하나의 오해는 인간이 글쓰기에 있어서 '대체당한다'는 개념이다. 글쓰기는 인공지능이 하기에 이제 더 이상 인간의 글쓰기 능력이 필요하지 않게 되고, 따라서 작가가 대체 당한다고 여기는 태도다. 여기에는 은근한 '소외의 정서'가 존재한다. 만약 누군가의 글쓰기가 기계에 의해 대체된다면 그가 소외감과 슬픔을 느끼는 건 자연스럽지 않겠냐는 이야기다.

물론 단순한 작업에서 인간의 글쓰기는 충분히 대체된다. 예를 들어 날씨 관련 보도문이라면 그럴 수 있다. 날씨 보도는 엄밀한 과학적 통계, 데이터의 문제이기 때문에 인공지능이 일정한 학습을 하게 되면 날씨에 대한 글은 얼마든지 쓸 수 있다. 이와 비슷하게 간단한 경기 결과를 전달하는 스포츠 뉴스도 마찬가지다. 출전 선수는 이미 데이터로 있으며, 누가 어떤 득점을 했는지도 명확한 사실이기 때문에 이를 조합하면 충분히 기사를 쓸 수 있을 것이다. 그런데 사실 이러한 간단한 작업에서 인간을 대체하는 것은 역시 기계를 발명하는 근본적인 목적이기도 하다. 모든 기계는 인간의 노동을 대체하기 위해 발명되었기 때문이다. 닭을 튀기는 튀김기가 발명됐다고 해서 "나는 닭 튀김 작업에서 대체 당하고 소외됐어."라거나, 전기밥솥이 있다고 "나는 밥 짓는 일에서 소외됐어."라고 말하지는 않는다. 오히려 단순 반복 작업에서 해방되었다고 말하고, 좀 더 전문적인 요리 기술을 개발하는 데 자신의 시간을 투자할 것이다. 그러니 우리의 글쓰기는 인공지능에 의해 대체 당한 것이 아니고 단순하고 반복적인 글쓰기에서 해방된 것이다.

마지막 오해는 인공지능을 너무 비판 없이 남용하면 인간의 사고 능력이 급속히 퇴화할 수 있다는 것이다. 물론 이는 충분히 수긍할 만하다. 자신의 머리로 사고하는 것이 아니라 인공지능에 맡기게 되면 인간의 사고 능력이 퇴화하는 것은 당연하다. 이런 점에서 혹자는 '인공지능은 점점 똑똑해지는데, 인간은 점점 멍청해지고 있다'는 우려도 한다. 그런데 이는 '자동차를 너무 많이 타면 인간의 근육이 퇴화한다'는 말과 동일하다. 하루종일 자동차만 타다 보면 당연히 인간의 근육은 퇴화한다. 그런데 이렇게 종일 자동차를 타는 사람은 '그래, 나의 근육이 퇴화하는 건 너무 당연해. 어쩔 수 없지 뭐. 그냥 퇴화해야지'라고 생각하고 그 사실을 있는 그대로 받아들일까? 아마도 그는 짬을 내어 열심히 근육 운동을 할 것이며 주말에는 등산을 할 수도 있다. 이와 마찬가지로 생명을 위협할 정도의 폭염이 있을 때 '그래, 더위 먹어도 할 수 없지'라고 체념하는 사람은 없다.

인간은 매우 적극적이고 주체적인 존재이며, 자신에게

주어진 불리한 환경 속에서도 이를 극복하려고 최선의 노력을 다한다. 따라서 인공지능은 점점 똑똑해지는데, 인간은 점점 멍청해지는 현실이 펼쳐진다고 하더라도, '아, 그렇구나. 그럼 나는 멍청해져야 하겠군'이라고 받아들이지는 않을 것이다.

대규모 언어모델LLM 학습의 특징

나 역시 여러 차례 인공지능을 활용한 글쓰기를 테스트해 봤다. 그런데 그 첫 느낌은 '너무 평이하고 일반적이다'라는 것이었다. 보통 글을 쓰는 사람이 치열한 사고를 한 후 쏟아내는 느낌은 전혀 들지 않았고, 문장을 잘 모아서 화려하게 차려 놓았지만 뭔가 알맹이가 없었다. 어떤 면에서는 앞서 말한 '감정선'조차 없었고, 그렇기에 호불호를 가리거나 의미 있는 비판을 할 필요도 없는 글이었다. 말 그대로 인공지능은 글을 나열할 수는 있어도 작가가 되기는 불가능하다. 어떤 해외 블로거는 인공지능이 쓴 글이 가진 특징을 이렇게 표현하기도 했다.

"인공지능의 단어는 대량 생산된 레고 조각과 같아서

기술적으로 기능적이고, 구조적으로 견고하지만, 독창적인 문장 구조와 창의성의 불꽃이 부족하다. 다재다능하고 신뢰할 수 있는 만큼 커뮤니케이션에 많은 도움이 되지만, 실망스러울 정도로 일반적일 수도 있다.”

특히 인공지능은 특정한 단어들을 많이 사용하는데, 이는 해외 연구자들도 마찬가지로 지적하고 있는 부분이다. 『나는 AI와 공부한다』라는 책에는 미국 버클리대학교 러시아 문학 교수의 사례가 등장한다. 그는 2023년부터 학생들의 리포트를 읽다가 매우 특이한 점을 발견했다. 여러 리포트에서 동시다발적으로 ‘delve(탐구하다, 규명하다)’라는 단어가 자주 등장했다는 점이다. 이는 이전까지 학생들이 쓴 리포트에서는 거의 등장하지 않았던 단어였다. 알고 보니 인공지능이 데이터 학습 과정에서 꽤 많이 접했던 단어들이고, 그 결과 리포트에 자주 나오게 된 것이다. 이러한 인공지능의 특성을 파악한 교수는 이후 누군가의 글을 읽었을 때 인공지능이 쓴 글인지 여부를 바로 알아차린다고 했다.

나 역시도 내가 썼던 글을 좀 더 늘려 달라거나 이해하기 쉽게 고쳐 달라고 하면, 인공지능이 내 의도와는 전혀 상관없는 다른 단어로 바꾸곤 했다. 가끔은 원래의 의미를 비틀어서 사용하는 단어들이 있기도 한데, 이 경우 인공지능은 적합하지 않다고 판단해 원래의 매우 착하고도 점잖은 단어로 바꾸는 것이다. 결국 인공지능의 글에서 위트나 독창성의 개념은 존재하지 않으며, 심지어 자신만의 입장이라는 것은 아예 없다.

이러한 인공지능 글쓰기의 특징들은 바로 학습 모델인 대규모 언어 모델LLM에서 생겨난다. 인공지능은 엄청난 양의 단어를 학습한 후 자주 연결되는 의미의 확률에 따라 문장을 배치해 나간다. 예를 들어 '강'이라는 단어와 '수영'이라는 단어가 나오면, 그 뒤에 나올 수 있는 단어를 확률적으로 계산해 보면 '하다'라는 단어이다. 따라서 '강에서 수영을 먹다'라거나 '강에서 수영이 피다'라는 문장은 극히 확률이 적기 때문에 채택하지 않는다. 인공지능의 글쓰기를 조금 거칠게 요약하자면, 패턴에 대한 수학적 모델을 따라가는 것에 불과하다. 수많은 공통점과 유사성을 공부하면서 글을 연결해 나가는 과정일 뿐, 인간의 생각과 의지와 결심과 감정이 담긴 글이라고 보기는 불가능하며, 더군다나 창의성은 언감생심이다.

호모 루덴스, 놀이하는 인간의 특징

그런데 정말 중요한 것은 인공지능의 글쓰기가 가진 특징이나 한계가 아니다. 심지어 지금보다 아무리 인공지능의 글쓰기가 발전한다고 하더라도, 인간의 글쓰기는 멈추지 않는다는 것이다. 왜냐하면 인간은 어떠한 행위를 하면서 그것을 즐기는 매우 독특한 본능을 가지고 있기 때문이다. 오래전 네덜란드의 역사학자이자 문화사학자인 요한 하위징아Johan Huizinga의 『호모 루덴스Homo Ludens』라는 책을 읽은 적이 있다. 이 책의 핵심은 인간은 '놀이하는 존재'이며 놀이를 통해서 문화와 문명을 발전시켜 왔다는 점이다. 여기에서 그는 수많은 인간의 활동을 놀이로 분석하면서, 이러한 놀이의 특징을 '그 자체의 즐거움으로 인해 행해지는 행위'와 이로 인한 '상상력과 창의력의 자극'이라고 말한다.

요한 하위징아의 분석을 더 이어 간다면, 특정 분야에서 기계가 아무리 탁월한 능력을 발휘하더라도 인간은 그것을 즐기는 행위를 멈추지 않는다. 미래에 로봇이 아무리 음식을 잘 만들어도 인간은 요리를 만드는 과정을 즐길 것이며, 인간보다 더 탁월한 글쓰기를 하더라도 글쓰기를 계속할 것이다. 왜냐하면 글쓰기를 통해 인간은 자신을 되돌아보고, 의견을 표명하며, 사색하고, 반성하며 더 많은 탐구를 해 나가는 즐거움을 포기하지 않을 것이기 때문이다.

지난 2016년 바둑 기사 이세돌은 1승 4패로 인공지능 알파고에 졌다. 하지만 이런 사건이 있다고 해서 전국에 있는 수많은 바둑 애호가들이 "우리는 인공지능보다 바둑을 못 두니까 이제부터 바둑을 하지 말자."라고 할까. 절대 그럴 리 없다. 이세돌 역시 이렇게 말했다.

"바둑은 즐기는 것입니다. 즐기는 것이 기본이기 때문입니다. 그런데 어느 순간부터 제가 바둑을 즐기고 있나 그런 의문을 가졌습니다. 이번 알파고와의 대국을 통해 원 없이 마음껏 즐겼습니다."

최소한 글쓰기에서만큼은 인공지능에 대한 두려움을 가질 필요가 없다. 지금과 같이 많은 것이 공장에서 만들어지는 때에도 '수제'가 인기 있듯, 어쩌면 더 많은 인공지능의 글쓰기가 세상에 존재하더라도 여전히 'written by human'은 더 큰 의미와 가치를 지닐 수 있기 때문이다.

3장

여행의 철학

타인의 마음을
두루 살피는 법

소통과 교류의 만족감,
글쓰기는 사람을
애정하는 자의 철학이다

글쓰기는 내가 타인과
가장 깊게 연결되는 방식이다.

– 테드 창

SF 소설을 통해 깊이 있는 인문학적 통찰을 전달해온 미국의 작가 테드 창은 전 세계 SF 계에서 가장 권위 있는 상들을 대부분 석권한 인물이다. 그런 그가 자신의 글쓰기를 '타인과 연결되는 방식'이라고 보는 점은 매우 흥미롭다. 실제로 글을 쓰는 사람은 그 글을 통해 일면식도 없는 누군가와 연결된다. 날씨나 신변잡기 같은 작은 주제에서부터 인생과 세계라는 거대한 주제까지, 가장 세밀한 이야기부터 광범위한 이야기까지 서로 주고받는다. 누군가와 이런 방식으로 깊게 연결된다는 것은 매우 특별한 인연이라고 해도 과언이 아닐 것이다. 따라서 글을 쓰는 사람이라면, 자신의 글로 만나는 타인에 대한 애정과 소통 능력을 반드시 갖추어야 한다. 그래서 한편으로 글쓰기를 '사람을 애정하는 자의 철학'이라고도 할 수 있을 것이다.

길 잃고 헤매는 독자를
맞이하는 법

"내가 타자를 바라보는 태도는 욕망을 넘어
관대함으로 바뀌어야만 한다.
타자에게 다가갈 때는 언제나 무엇인가를 내어 주어야 하며,
빈손으로는 결코 다가갈 수 없다."
─에마뉘엘 레비나스, 『전체성과 무한』

글을 쓰게 되면 거의 대부분의 주의와 집중이 '나'로 향한다. '내'가 과거에 무엇을 경험했고, 그것을 어떻게 풀어쓸까? '나'는 이 문장을 어떻게 써야 하지? '나'는 이 결론을 어떻게 마무리 지어야 할까? … 첫 문장의 시작에서부터 마지막 결론에 이르기까지 상당 부분의 주의가 '나'로 집중된다는 이야기다. 물론 끊임없이 자신을 반추해야 글을 쓸 수 있지만, 여기에만 머문다면 글은 한계에 직면한다. 왜냐하면 지금 내가 쓰는 글은 '나를 위해 쓰

는 글'이 아니기 때문이다. 모든 글은 독자, 즉 타인을 전제로 한다. 그런 점에서 나를 반추하는 동시에 끊임없이 내 글을 읽는 타인을 감안해야 한다. 무엇보다 모든 독자는 각자가 특정한 필요를 가지고, 또는 해결해야 할 어떤 고통을 안고 글을 읽고 있는 존재이기 때문이다. 약간 과장해서 말하면, 독자는 난민이나 망명자의 심정을 가지고 있다고 봐야만 한다. 따라서 그들과 같이 걸어가기 위해서는 최대한 애정이 담긴 마음으로 스텝 바이 스텝, 한 걸음씩 보조를 맞춰야만 한다.

학교 일진의 폭력은 그들에게는 정당하다

난민 문제를 철학적으로 다룰 때 항상 등장하는 철학자가 있다. 바로 유대계 철학자인 에마뉘엘 레비나스Emmanuel Levinas이다. 그는 기존의 철학에 대한 강력한 비판과 함께 '타자에 대한 윤리'를 전면에 꺼내 들었다. 그리고 그 핵심 개념이 바로 타인에 대한 환대hospitality이다. 환대의 사전적 정의를 살펴보면, '반갑게 맞아 정성껏 후하게 대접함'이다. 어떤 면에서 보면 한국인의 정情과도 유사하다고 볼 수 있다. 다만 레비나스가 말하는 환대는 누군가를 잘 대접하는 것에 그치지는 않는다. 그는 한 개인의 주체성이라는 것 자체가 타인을 환대하면서 드러나는 존재 방식이라고 말한다. 조금 쉽게 말하면 타자의 취약함과 이질성, 낯선 부분을 있는 그대로 존중하고 맞이하며, 그것을 받아들이고 책임지려는 개방성이 있어야 비로소 한 개인이 주체적으로 성립할 수 있다는 이야기다. 실제로 인간은 단독으로 살아갈 수는 없으며, 결국 사회와 조직 속에서 협력하면서 살아갈 수밖에 없다. 그런 점에서 이 환대의 철학은 주체와 객체, 나와 타자를 연결하는 매우 중요한 계기가 된다. 만약 나 자신이 타인에게 개방적이지도 않고, 그들의 이질성이나 취약함을 혐오하거나 무시할 경우, 나 자신도 집단 안에서 제대로 살아갈 수 없게 된다. 그래서 레비나스는 타자를 바라보는 시선을 '나의 욕망'이 아니라 '관대함'의 태도에 두고, 더 나아가 최대한의 호의와 성의를 갖춰야 한다고 말한다. 그는 이렇게 말한다.

"내가 타자를 바라보는 태도는 욕망을 넘어 관대함으로 바뀌어야만 한다. 타자에게 다가갈 때는 언제나 무엇인가를 내어 주어야 하며, 빈손으로는 결코 다가갈 수 없다."

레비나스가 이러한 환대의 철학을 펼쳤던 배경을 잠깐 살펴볼 필요가 있다. 그가 대학에서 철학을 깊이 있게 공부하던 중 제2차 세계대전이 발발했고, 그는 프랑스 군에 입대해 통역병으로 복무했다. 그러다 1940년대 독일군에 붙잡혀 5년간 포로수용소에 수감되었으며, 가족 대부분이 나치에 의해 학살되는 비극을 겪었다. 이러한 경험들은 그의 사유에 깊고도 결정적인 흔적을 남겼다. 레비나스는 전쟁과 같은 거대한 폭력이 서양철학의 역사에서 오랫동안 전제되었던 전체성totality과 관련이 깊다고 보았다. 세상의 모든 것을 하나의 이성적 체계로 통합하려는 철학의 방법이 곧 그것에 포섭되지 않는 타자에 대한 폭력성으로 드러난다는 이야기다. 조금 단순화해서 비유하자면, 학교 일진의 폭력을 예로 들 수 있다. 일군의 학생 무리가 자신들을 중심으로 모두를 줄 세우고, 자신의 말을 듣게 하려고 한다고 가정해 보자. 그런데 그들의 말을 듣지 않으려는 일부 학생들이 있다면 어떻게 할까? 그때 일진 무리의 입장에서는 폭력을 쓰는 것이 너무나 정당하고 합리적이다. 따라서 이러한 폭력을 예방하기 위해 필요한 것은 '타인에 대한 윤리와 환대'라는 것이다. 통합되지 않는 이질적인 사람들도 반가운 마음으로 기꺼이 맞이하고 대접해야 한다는 말이다. 난민에 관한 이야기가 나올 때 레비나스의 철학이 자주 등장하는 이유가 바로 여기에 있다. 난민, 혹은 망명자를 '타자'로 규정하고 이들에 대해서 절대적인 환대를 하면서 정치적이고 사회적인 윤리의 차원에서 다루어야 한다는 것이다.

모든 독자는 난민의 심정이다

어떻게 보면 이러한 환대의 개념이 가장 잘 적용되어야 할 영역이 바로 글쓰기일 수가 있다. 혼자 쓰는 일기가 아니라면 모든 글은 타인을 전제하고, 그들에게 말을 거는 소통의 행위이다. 따라서 작가에게 독자는 해법을 갈구하는 난민이라고 볼 수 있다. 특정한 글을 찾거나, 책을 사서 읽는 대부분의 독자는 정도는 달라도 기본적으로 간절하게 해결해야 할 문제를 가진 사람들이기 때문이다. 사람들은 건강을 되찾고 싶은 마음에 건강 서적을 찾아 읽고, 경제적 문제를 해결하고 싶어 재테크 책을 사고, 마음이 우울하고 무기력한 자신에게 용기와 희망을 주는 책을 집어 든다. 아마도 살면서 아무런 문제도 없고, 마냥 행복한 사람이라면 굳이 책을 사지는 않을 것이다. 따라서 간절한 필요를 가진 독자라는 난민 앞에서 작가는 '타자의 얼굴 앞에서 무한한 책임을 지는 존재'가 되어야만 한다. 작기가 아무리 논리적인 지식과 뛰어난 지혜를 가지고 있다고 한들, 그것을 독자에게 표현하고, 설득하고, 이해시키기 위해서는 그들이 필요한 내용을 잘 정리해 전달해야 한다. 친절하게 함께 호흡을 맞춰 나가는 환대의 태도를 갖추고 글을 진행해 나가야 할 것이다. 또한 독자를 '빈손'으로 맞을 수 없기에, 더 많이 공부하고 치열하게 통찰해야만 한다.

독자를 난민이 아닌 포로처럼 대하는 사람도 있다. 만약 내가 적개심을 품고 있는 포로라면 그냥 방치하고, 명령하고, 자신들이 알아서 적응하도록 신경 쓰지 않아도 상관이 없다. 어차피 환대할 가치가 없는 존재들이기 때문이다. 그렇기에 그는 자신을 중심에 놓는 글을 쓴다.

독자가 모를 법한 단어나 내용도 툭 던져 놓고 잘 설명하지 않거나, 논리적으로 비약이 있어도 그냥 밀어붙이기도 한다. 심지어 독자를 일깨우는 것이 아니라 질책하는 경우까지 생기게 된다. 이러한 폭력을 방지하고 환대의 태도를 좀 더 잘 갖추기 위해서는 시각 장애인과 함께 걸어가는 장면을 상상하면 된다. 바로 옆에 시각 장애인이 있고, 그와 함께 손을 잡고 걸어간다면 어떨까? 당연히 그의 발걸음에 나의 발걸음을 맞출 것이며, 지금 어디까지 왔는지, 앞에 어떤 장애물이 있는지를 세세하게 설명해 줄 것이다. 더 나아가 혹시 그가 궁금해할 만한 풍경은 또 뭐가 있을까 고심하고, 걷는 동안 마음을 편안하게 하는 담소도 나눌 수 있다. 이 모든 것들이 바로 독자를 대하는 태도가 되어야 하고, 또한 그것이 글에 묻어나는 것은 늘 염두에 두어야만 한다.

내 언어의 한계는
내 세계의 한계이다

"내 언어의 한계는 내 세계의 한계이다."

―루트비히 비트겐슈타인, 『논리―철학 논고』

글쓰기에 대한 조언에서 빠지지 않는 것이 바로 용어의 선택이다. 보통 정확하고 간결한 단어로 논리적이고 설득력 있는 글을 써야 하며, 글의 전체 흐름과 잘 어울리는 뉘앙스를 염두에 두라는 조언을 한다. 물론 당연히 필요한 조언이고, 글쓰기를 훨씬 잘할 수 있도록 도움을 줄 수 있다. 이렇게 하면 불필요한 오해를 줄이고, 전달력을 높이는 데 효과적이기 때문이다. 하지만 일정 수준 이상의 글쓰기를 하는 사람들에게는 너무 평이한 조언일 뿐이다. 이미 기본적인 정확성과 논리성을 갖춘 이들에게는 그런 조언이 더 이상 큰 의미가 없다. 따라서 이러한 조언에서 한 걸음 더 들어가기 위해서는 몰랐던 단어를 계속해서 공부해야 해야 한다는 점과 라임을 이용해 단어와 단어를 연결하는 법을 말하고자 한다. 단어를 공부하면 세상을 인식하는 나의 한계를 확장해 나갈 수 있고, 라임을 활용하면 독자의 인식을 매우 명료하게 만들 수 있다.

언어의 한계와 세계의 한계

1900년대 초중반에 활발하게 활동했던 루트비히 비트겐슈타인Ludwig Wittgenstein은 오스트리아 출신의 언어 철학자이다. 그는 평생 자신의 철학적 탐구 주제를 언어로 삼았으며, 언어의 철학적 의미와 사용에 대해 깊이 고민했다. 그의 주장 중에서 매우 독창적인 부분은, 언어가 단순히 생각을 표현하는 도구가 아니라, 사고의 구조 자체를 결정짓는 틀이라는 관점이다. 당시만 해도 그처럼 뚜렷하게 언어를 집중적으로 분석한 사람은 거의 없었기에 비트겐슈타인은 '현대 언어철학의 아버지'라고 불리기도 한다. 그의 대표 저서 『논리-철학 논고』에는 다음과 같은 유명한 구절이 있다.

"내 언어의 한계는 내 세계의 한계이다."

우리가 세계를 인식하고 이해하는 방식은 결국 언어의 틀 안에서 이루어지기 때문에, 언어가 닿지 않는 곳에는 인식도, 설명도 도달할 수 없다는 의미이다. 이처럼 비트겐슈타인은 언어의 경계가 곧 세게의 경계라는 주장을 통해, 철학적 탐구의 범위를 다시 설정하려고 했다.

오래전 이 문구를 접한 나는 상당한 각성을 했었다. 내가 가진 세계에 대한 인식이 결국 나의 언어를 통해서 이루어지고 있다는 점, 그래서 나에게 언어가 부족하면 결국 인식할 수 있는 세계도 제한될 수밖에 없다는 점은 한편으로는 충격적이기도 했다. 그 이전까지 언어라는 것은 그저 의사소통의 수단이며, 또한 글을 쓰기 위한 기술적인 도구라는 인식에만 머물렀기 때문이다. 그래서 했던 실천 하나가 바로 한자 사전을 섭렵하는 일이었다. 당시 나는 3개월이라는 시간을 정해서 사람을 만나거나 글을 쓰는 시간을 최대한 줄이고 한자 사전을 섭렵하자는 계획을 세웠다. 매일 한자를 공부하며 내가 모르던 단어를 익혀 나가는 시간을 가졌고, 애초에 정했던 3개월이 지나니 두껍지 않은 한자 사전 하나를 다 공부할 수 있었다. 이러한 단어 공부는 비트겐슈타인의 통찰이 정확했음을 다시금 확인하게 해 주었다. 내가 평소에 쓰지 않던 단어, 사람들이 자주 말하지 않는 단어들을 하나씩 알아갈 때마다 나의 인식이 점차 넓어지는 것을 느낄 수 있었기 때문이다. 예를 들어, 그때 알게 된 단어 중 하나가 '정치精緻하다'였다. 오늘날 국회에서 정치인이 하는 정치政治와는 전혀 다른, '정교하고 치밀하다'는 의미이다. 하나의 대상이나 구조물이 얼마나 섬세하고 꼼꼼하게 설계되어 있는지를 나타낼 때 쓰는 형용사다. 이러한 단어를 알게 되면서, '정교함'과 '치밀함'이라는 두 개념이 어울려 어떻게 하면 더 완벽에 가까운 상태를 묘사할 수 있는지를 직관적으로 이해할 수 있었다. 물론 보통은 잘 쓰지 않는 단어라서 글을 쓸 때 사용하기는 힘들지만, 그럼에도 내 인식의 퍼즐 조각이 하나 더해진 듯한 느낌이다.

상반된 이미지, 극명한 대비

그런데 이러한 단어의 힘을 더욱 강화하고, 나아가 독자의 인식까지 명료하게 해 주는 방법이 있다. 바로 '라임을 곁들인 단어와 단어의 결합'이다. 라임rhyme은 음악의 장르 중 하나인 랩에서 가사 속의 단어나 구절들을 서로 어울리게 만드는 것이다. 반복되는 소리를 통해 청각적 리듬감을 극대화하는 데 사용된다. 예를 들어 '좋아보여 / 왜 나만 초라해 보여 / 넌 왜 이렇게도 화려해 보여'라는 가사에서는 '보여'가 반복되며 일관된 리듬을 형성한다. 또 '여전히 사람들은 내게 말해 / 변했대 내가 / 달라졌대 내가'에서는 '내가'가 구절의 끝에 반복되며 청자의 귀를 사로잡는다. 랩은 물론 일반 가사에서도 이런 라임의 구성은 매우 흔한 일이다. 다만 가사에서의 라임은 리듬과 경쾌함을 주는 역할에 그친다. 하지만 글쓰기에서는 라임을 통해 단어가 연결되면 경우에 따라 상당히 독특한 느낌을 주는 것은 물론, 장면을 명확하고 극적으로 전달하게 된다.

나는 한자 공부를 하던 시절부터 지금까지 나만의 단

어장을 마련해서 사용하고 있다. 학창 시절 많은 학생들이 '영어 단어장'을 마련해서 반복적으로 보는 것과 똑같다. 이 단어장에는 몰랐던 단어는 물론이고 알고는 있지만 잘 쓰지 않는 단어도 기록되어 있다. 평소 라디오 방송을 듣거나 뉴스, 영화를 볼 때 가끔씩 나오는 표현들을 모아 놓은 것이며, 스스로 생각해낸 것도 있다. 그중 몇 가지 소개할 만한 사례가 있다. 예를 들어 '자신에게 다가오는 하나의 기회가 굉장히 좋은 것인 줄 알았는데, 알고 보니 나를 나락으로 떨어뜨리는 것이었다'라는 의미를 표현하기 위해서 다음과 같은 문장을 쓰는 것이다. '그것이 나에게 꽃가마인 줄 알았는데, 꽃상여였다.' 이 문장은 '꽃'이라는 라임이 곁들여지면서 가마와 상여의 상반된 이미지가 두드러지고, 원래 전하고자 하는 의미를 좀 더 명확하고 극적으로 표현했다. 또, '누군가가 무엇인가를 열심히 했지만, 결국 그것이 아무런 소용도 없었다'는 내용을 표현하기 위해 다음과 같은 문장을 써 보자. '부지런히 했지만 부질없는 일이었다.' 여기에서는 '부지런'과 '부질'이 라임을 이루면서 대비를 극명하게 보여준다. 하나만 더 예를 들어 보자. '누군가는 느긋하게 일을 하는 와중에 그 사람을 기다리는 이는 너무 다급하다'는 내용을 이렇게 표현할 수도 있을 것이다. '누군가는 숨돌리고 있을 때, 기다리는 사람은 숨넘어간다.' 여기에서도 마찬가지로 '숨'이라는 단어가 라임을 이루며, '숨을 돌리다'와 '숨이 넘어간다'의 정반대 상황을 명료하게 보여준다.

이렇듯 '라임이 곁들여진 단어와 단어의 결합'은 하나의 상황을 극적으로 표현해 줄 뿐만 아니라, 경쾌한 리듬감을 주고, 상황을 매우 명료하게 인식하게 만드는 역할을 한다. 독자들이 이런 표현을 읽게 되면 그 장면이 선명한 이미지처럼 떠오르게 되고, 단순한 표현보다 더 깊은 인식에 이를 수 있게 된다. 단어 공부를 통한 인식의 확장과 라임 활용은 하루아침에 이루어지지는 않는다. 꾸준히 단어장에 모아 계속해서 보고, 훈련해야만 한다. 오늘부터 자신만의 단어장을 만들고 다른 작가의 책이나 뉴스, 영화, 방송을 볼 때 꾸준히 촉각을 곤두세워 보자.

내면의 톤, 분명하지만
선명하지는 않게

"효과적인 글은 말하는 듯한 착각을 주되,
말투의 나쁜 버릇은 배제한다.
독자는 글쓴이가 자신에게 말을 걸고 있다는 느낌을 받는다."

—도널드 머레이, 『마감 속 글쓰기』

의식적으로 설정을 하든 무의식적으로 자동화되었든, 작가가 글을 쓰기 시작하는 순간, 내면에는 특정한 톤 tone이 형성된다. 여기에서의 톤이란 우리 말로 '어조語調'를 말하는데, 원래는 음성의 억양, 강세, 음색을 말한다. 글쓰기에서의 톤이란, 글에서 느껴지는 작가 내면의 상태이다. 목소리와 마찬가지로 글에도 엄연히 억양과 강세, 색깔이 존재한다. 물론 이는 작가마다 제각각이어서 무엇이 옳고 그른지 따질 문제는 아니다. 중요한 건 자신의 스타일에 맞게 어떤 톤을 가져야 하는지 되돌아보고, 자신만의 톤을 만드는 일이다. 또, 독자와의 소통을 위해서는 톤을 미세하게 조정할 필요가 있다. 톤이 너무 급격하게 빠르면 독자가 따라오기 벅차고, 너무 느리게 쳐져 있으면 독자가 지치기 때문이다.

헤밍웨이와 버지니아 울프의 톤

한때 소설을 조금 멀리하던 때가 있었다. 당시 읽었던 소설들이 하나 같이 어둡고, 우울했으며, 지나치게 감정을 세부적으로 묘사하다 보니 사건의 진행 속도마저 느렸기 때문이었다. 물론 이런 암울한 분위기를 좋아하는 사람도 있겠지만, 어쨌든 나에게는 그리 잘 맞지 않았다. 반면 내가 매우 좋아하던 소설가 한 명이 있었는데, 바로 천명관 작가였다. 그의 작품을 읽으면서 소설이 이렇게나 재미있을 수 있다는 것을 처음으로 느꼈다. 일단 작품의 제목만 봐도 밝고 경쾌한 분위기가 돋보인다. 『나의 삼촌 브루스 리』, 『이것이 남자의 세상이다』, 『유쾌한 하녀 마리사』, 『칠면조와 달리는 육체 노동자』…. 그가 영화 시나리오 작가 출신이라는 사실을 알면, 그의 소설이 가진 톤도 충분히 이해할 수 있다. 많은 독자들이 그의 글을 두고 '마치 영화를 보는 듯한 몰입감을 준다'고 평가하는 이유이다. 빠른 장면 전환과 행동이나 대화로 심리를 묘사하는 방식은 분명히 영화적인 면이 있다. 그의 작품을 읽으면서 느꼈던 것은 글을 쓸 때 자신만의 톤을 확고하게 정해서, 작품 전체를 관통시켜야 한다는 점이다. 이것은 독자와 소통하는 작가만의 색깔을 결정하는 일이며, 동시에 독자를 어떻게 끌어들일지 전략적으로 구성하는 것이라 볼 수 있다. 이를 좀 더 확실히 이해하기 위해서는 일상에서 누군가와 대화할 때의 분위기와 목소리를 떠올리면 된다. 어떤 사람은 매우 경쾌하게 질문과 대답을 주고받으며 대화를 이끌어 간다. 때로는 감정이 붕붕 떠서 듣는 사람도 기분이 좋아지기는 하지만, 감정의 파고가 너무 크면 대화하기 벅찰 때도 있다. 반대로 아주 느릿하게 낮은 톤으로 빙빙 돌려 말하는 사람도 있다. 처음에는 도대체 무슨 말을 하려는 건지 귀를 기울이다가도 답답해질 수 있다. 사실 글도 이러한 대화 방식, 목소리의 톤과 매우 유사한 면이 있다.

　자신만의 글쓰기의 톤을 정하는 방법은 사실 수도 없이 많다. 진지함과 가벼움 사이, 어느 정도에 위치할 것인가. 세련된 말투와 투박한 말투 중 무엇을 더 많이 쓸 것인가. 글에서 드러나는 화자는 신사적인가, 아니면 내면에 심술쟁이를 감추고 있는가. 따지고 보면 아마 수십, 수백 가지의 조합이 가능할 것이다. 예를 들어 헤밍웨이의 경우에는 강인하고 절제된 톤을 유지한다. 심리를 직접적으로 드리네지 않으면서 감정적인 수사를 최대한 배제하는 묘사가 주를 이룬다. 흔히 '의식의 흐름'이라는 기법으로 유명한 버지니아 울프는 복잡하고 섬세한 심리 묘사를 중점으로 사색적이고 시적인 톤을 쓴다.

　전문 작가가 아니라면, 대부분 글 쓰는 사람들의 톤은 종사해 왔던 직업과 경력이 큰 영향을 미친다. 예를 들어 오랜 시간 학술 분야에 매진한 사람이라면 엄밀하게 중립과 객관성을 지키는 태도로 차분히 글을 쓸 가능성이 높다. 늘 그러한 사고방식을 훈련받고, 주로 읽고 쓰는 문장도 그와 같은 방식이기 때문이다. 반면 방송작가 출신이라면 트렌드를 중시하며, 감성적이고 서정적인 글쓰기에 익숙하다. 방송은 사회적 변화를 주시해야 하는 매체이고, 시청자들을 끌어들이기 위해서는 감동이 매우 중요하기 때문이다. 하지만 살아온 과거가 모든 것을 결정하지는 않는다. 분명 자신의 의지와 선호가 반영되어 또 새로운 톤을 만들어 낼 수 있기 때문이다.

글을 보고 사람을 알아맞히기

글쓰기의 톤은 작가가 의도적으로 정할 수도 있고, 자연스럽게 글에 투영될 수도 있다. 그런데 글에서 너무 날것의 톤이 고스란히 노출되는 경우도 있다. 이렇게 되면 글쓴이의 상태가 너무 직접적으로 드러나게 되고 그것이 글의 흐름을 다소 부자연스럽게 만들 수 있다. 나는 전에 다수의 글쓰기 수업을 하며 여러 사람의 글을 읽곤 했는데, 사전 정보가 거의 없는 상태에서도 글쓴이의 성별, 대략의 연령대, 성격을 유사하게 맞힐 수 있었다. 예를 들면 '다소 수줍은 성격의 20대 여성'이라거나, '지나치게 열정이 많은 50대 남성'과 같은 식이다. 심지어 어떤 글을 보고는 글쓴이의 직업까지 맞힌 적도 있었다. 한 출판기획자가 다른 작가가 쓴 경영 관련 원고를 보여 주면서 부족한 부분과 수정 방향을 알려 달라고 부탁했다. 그런데 아무리 글을 읽어 봐도 경영에 대한 해박한 지식이 있는 것처럼 보이지는 않았고, 방송작가의 어투가 그대로 드러났다. 그래서 기획자에게 '혹시 30대 정도의 여성 방송작가가 쓴 게 아니냐'고 물었더니 정말 그렇다며 놀랐다. 이런 예측이 상당 부분 맞아 떨어지는 것은 내가 신기한 능력이 있어서가 아니다. 글쓴이가 톤을 전혀 조절하지 않았거나, 톤에 대한 개념이 아예 없었기 때문이다.

글에서 별도의 톤을 정하지 않고 자연스럽게 드러나는 것 자체가 나쁜 것은 아니다. 문제는 글을 쓰면서 솟아오르는 순간의 감정에 전체 글의 흐름이 흔들린다는 점이다. 예를 들어 초입부는 차분하게 글을 시작했다가도, 특정 지점에서 감정이 격해지면서 글이 튀기 시작한다. 톤의 변화가 너무 빠르고 급격해서 독자의 호흡과 함께하지 못하게 되는 것이다. 그러면 당연히 설득력이 떨어지고 공감도 잘 되지 않는다. 만약 스스로의 톤을 인식하고 그것을 신경 쓰는 사람이라면 자신이 설정한 톤에 의해서 이러한 감정을 자연스럽게 거를 수 있다. 이는 마치

불순물이 섞인 물을 정수 필터로 한 번 거르는 것과 같
다. 그러면 최종적인 물은 균질한 상태를 유지하게 되는
것이다. 결국 작가는 자신의 톤이 어떤 상태인가를 늘 점
검해야 하며, 이것이 독자와의 소통 능력을 결정한다는
사실을 잊어서는 안 된다.

멋 있는 척 한다고
멋져 보이는 건 아니다

"화려하거나 과장되고,
 점잖은 척하거나 귀엽게 보이려는 표현은 피하라.
 10센트짜리 단어로 충분한데,
 굳이 20달러짜리 단어를 쓸 필요는 없다."

  ─ 윌리엄 스트렁크 주니어, 『스타일의 원칙』

좋은 글쓰기를 방해하는 여러 가지 함정 중에서 가장 유혹적인 것이라면 바로 자신을 포장하려는 욕구이다. 글에서 더 똑똑하고 멋있어 보이려는 마음 말이다. 정도가 조금 더 심해지면 어느 순간 글에 허세가 묻어나기 시작한다. 물론 이러한 포장 욕구를 느낀다고 글 쓸 자격이 없거나, 도덕적이지 않다고 볼 수는 없다. 사실 이는 누구나 느끼는 것이며, 또한 글쓰기라는 작업 자체에 이미 이러한 성격이 내재해 있기도 하기 때문이다. 실제 우리는 일상에서도 늘 이러한 욕구를 느낀다. 옷은 피부를 보호하는 용도지만, 우리는 본래 목적에 만족하지 않고 더 멋진 옷을 입고 싶어 한다. 물건을 넣는 용도를 넘어 값비싼 명품 가방을 사기도 한다. 자신을 더 돋보이게 하는 것, 남들과 차별화되고 싶은 마음은 본능이기 때문이다. 하지만 이러한 욕구들이 적절히 절제되지 않으면, 글에서 본말이 전도될 뿐만 아니라 독자와의 소통을 방해하게 된다.

과대 포장하는 글쓰기

학창 시절에 배웠던 '사회 계약론'을 주장한 사람이 바로 프랑스 계몽주의 철학자인 장-자크 루소Jean-Jacques Roussea다. 그가 유지했던 철학적 신념 중 하나는 인간은 본래 선하고 자유롭다는 것이다. 따라서 교육은 인간의 선한 본성을 억압하지 않아야 한다고 말했다. 그런데 루소가 인간을 보는 시선이 매우 따뜻한 만큼, 그것을 방해하거나 가로막는 것에 대해서는 맹렬한 비난을 쏟아냈다. 그는 사유 재산이 인간을 타락시켰다고 봤으며, 과학과 예술의 발전이 사치, 허영, 불평등을 조장했다고 말했다. 본래의 선한 인간 본성을 지키려는 루소의 견해는 자기애에도 비슷하게 적용된다. 그에 따르면 자연 상태에서의 인간은 '아무르 드 수아amour de soi'를 가지고 있는데, 이는 있는 그대로의 자신을 사랑하는 지극히 건강한 자기애를 말한다. 반면 '아무르 프로프르amour-propre'는 타인과의 비교와 인정을 기반으로 하는 허영심, 왜곡된 자기애이다.

루소의 이러한 두 가지 자기애에 대한 구분을 글쓰기에도 그대로 적용할 수 있다. 어떤 글쓰기는 자신과 정직하게 대면하고 자연스럽게 자아를 드러내면서 독자에게 충실한 글이 되지만, 또 어떤 글쓰기는 자신을 지적으로 과대포장하면서 허세 가득한 글이 되기 때문이다. 이렇게 이중적 자기애가 투영되는 이유는 글쓰기라는 행위 자체가 지적 활동 중에서도 가장 상위에 존재하는 '지적 명품'에 속한다고 볼 수 있기 때문이다. 처음에는 책의 매력에 빠져 읽는 것만으로 만족했던 사람도 결국에는 글을 써서 나만의 단행본을 내고 싶어하고, 사회적으로 부와 명성을 쌓은 사람도 결국에는 자신의 이야기가 담긴 책을 내고자 하는 경우가 많다. 심지어 박사 논문까지 썼던 사람들 역시 자신의 지도교수만 읽는 딱딱한 논문이 아닌, 대중이 읽는 책을 쓰고자 하는 마음이 매우 강렬하다. 분명 자신의 메시지를 세상에 던지는 글쓰기는 분명 고도의 지적 행위가 틀림없다. 따라서 그런 글쓰기를 통해서 자신의 존재를 빛내고 더 잘나 보이고자 하는 마음은 너무도 인간적인 것이기도 하다. 반면 이러한 욕망이 너무 강해진 상태에서의 글쓰기는 자신을 포장하고, 지적 능력을 부풀리기에 더할 수 없이 좋은 조건을 갖추게 된다. 바로 이러한 특성에 경계심 없이 유혹당할 때 '아무르 프로프르'가 발동되는 글쓰기가 시작된다고 할 수 있다. 쓸데없이 난해한 단어를 선택하고, 문장을 지나치게 장식하면서 과시와 허영이 묻어나는 글을 쓰게 되는 것이다.

글에 붙은 과도하고 무분별한 장식

과대포장 글쓰기는 요즘만이 아닌, 아주 오래된 문제이기도 하다. 13세기에 활동한 라틴어 수사학자이자 문법학자였던 제프리 뱅소프는 문장을 꾸미는 지나친 미사여구를 자제하고, 절제 있는 표현으로 명료하게 글을 쓰라고 조언했다. 비슷한 시대에서 활동했던 다른 수사학자들 역시 글에 과도하고 무분별한 장식을 하지 말고, 겸허하고 절제된 문장을 사용하라고 당부했다. 우리 선조들도 마찬가지였다. 퇴계 이황, 율곡 이이 선생도 자신의 글에 대한 과도한 만족, 화려함과 허례허식을 경계하라고 했다. 오랜 과기부터 이러한 조언이 있었다는 것은 그만큼 글쓰기에서의 허세와 자만이 적지 않은 문제였음을 반증하는 것이라고 할 수 있다.

이러한 글쓰기의 허세는 SNS에서도 얼마든지 일어나는 일이다. '인스타가 사진으로 허세를 부리는 곳이라면, 스레드는 글로 허세를 부리는 곳이다'라는 말이 있다. 물론 사진과 글 자체가 문제일 리는 없다. 인스타에 업로드할 사진에 등장하는 물건, 장소, 각도에 잘나 보이고 싶은 마음이 섞이면 그게 허세 부리는 사진으로 보이듯, 글에도 어떤 단어, 문체, 감정이 들어가느냐에 따라서 허세에 찌든 글이 된다.

자신을 포장하는 허세 섞인 글에서 가장 먼저 드러나

는 특징은 바로 어려운 단어가 자주 등장한다는 점이다. 난해한 단어를 쓰면서 마치 자신이 매우 심오한 통찰을 하고 있다는 양 행세하며, 이를 통해 권위를 획득하고 전문성을 강조하려고 한다. 대체할 수 있는 말이 얼마든지 있어도, 굳이 어려운 단어를 고집하는 것이다. 예를 들어 '진력盡力하다'라는 말이 있다. '힘과 노력을 끝까지 다하다'라는 의미이다. 비슷한 말로 '전력專力하다'도 있다. 역시 '힘과 노력을 오롯이 집중하다'라는 뜻이다. 사실 두 단어의 의미 차이가 그리 크지는 않다. 차이가 있다면 '전력'은 다수의 사람들이 알고 있지만, '진력'을 아는 사람은 그리 많지 않다는 점이다. 그런데 굳이 '그는 자신의 인생에 전력을 다했다'는 문장 대신, '그는 자신의 인생에 진력을 다했다'라고 쓰는 것은 난해한 단어로 자신의 지식을 돋보이려는 의도가 어느 정도는 들어있다고 봐도 무방할 것이다.

"거번먼트 인게이지먼트가 바로 레귤레이션이다"

영어를 많이 섞어서 쓰는 것도 마찬가지다. 이는 글만

이 아니라, 말을 할 때도 드러난다. 다음은 한국의 고위 공직자들이 실제 언론 인터뷰에서 했던 말이다.

"거번먼트 인게이지먼트가 바로 레귤레이션입니다. 마켓에 대해서 정부는 어떻게 레귤레이션 할 거냐, 마켓을 공정하게 관리하고 그 마켓의 생산성을 높일 수 있도록 (…) 2023년에는 그야말로 다시 대한민국, 도약하는 그런 나라로 만들기 위해서 더 적극적으로, 더 아주 어그레시브하게 뛰어 봅시다."

"시리어스한 논의도 별로 못 했어요."

"지금까지의 어프로치가 저는 좀 마일드한 것 같아요."

개별적인 영어 단어를 모두 이미 알고 있다고 하더라도, 이렇게 한국어 문장에 섞여 있으면 오히려 이해가 더 디게 된다. 국민과 소통해야 할 공직자가 이런 식으로 과도하게 영어를 섞어서 이야기하는 것은 자신의 영어 실력을 자랑하는 것 이외에 별다른 실효성을 찾아보기는 어렵다.

문장 형식이 복잡해서 한번 읽었을 때 바로 이해가 가지 않는 것도 자기 과시의 하나가 될 수 있다. 법원 판결문이나 학위논문이 아니고서야, 대중을 위한 글을 두 번,

세 번 읽도록 만들어서는 안 된다. 그래서 대부분의 글은 잠재 독자를 '중학교 3학년 수준'으로 맞춰야만 한다. 이는 언론사에서 기사 작성의 대원칙이고, 당연히 일반적인 글쓰기에도 적용이 되어야만 한다.

물론 특정한 자기 과시나 허세의 의도가 없을 때에도 문장이 어려워지는 경우가 있기는 하다. 이는 자신의 문장에 지나치게 심취했을 때다. 각종 형용사와 부사로 문장을 형식적으로 아름답게 꾸미려다 보니 자꾸 복잡해지고, 오히려 명료함이 떨어진다. 글을 쓴 사람은 그 문장에 취해 감각적으로 느낄지 몰라도, 독자도 그 심오한 감각에 공감한다는 보장은 없다. 순수 문학이 아닌 이상, 대중적인 글쓰기에서 이런 것들은 그저 '작가만 아는 느낌과 감각'에 불과할 가능성이 크다.

흔히 '퇴고'라고 하면 자신의 원고를 마지막으로 수정하는 것을 의미하는데, 보통 글의 전체 흐름이나 구성, 단어 선택, 잘못된 문법을 체크한다. 이에 더해 반드시 포함되어야 할 것이 바로 '나의 글이 나를 과도하게 포장하거나 허세를 부리지는 않는가'와 '독자가 쉽게 이해할 수 있는가'이다. 바로 이러한 부분까지 퇴고 과정에서 수

정되어야만 정말로 완성도 높은 글, 잘 읽히는 글을 쓸
수 있다.

작가가 죽을 때
상상하는 독자가 탄생한다

"독자의 탄생은 작가의 죽음을 대가로 해야 한다."

－롤랑 바르트, 『작가의 죽음』

한때 단도직입單刀直入이라는 말을 좋아했다. '한 자루의 칼로 곧장 적진으로 쳐들어간다'는 의미이다. 이 말을 좋아했던 이유는 바로 이러한 모습이 글을 상징한다고 봤기 때문이다. 따지고 보면 글이란 흰색 바탕 위에 검은색 활자가 나열된 것일 뿐이다. 다채로운 색이나 화려한 문양도 찾아볼 수 없다. 글은 그 자체로는 단출하기 그지없지만, 그 위력만큼은 남다르다. 누군가는 그 검은색 활자를 보고 눈물을 흘리기도 하고, 배를 잡고 웃기도 하며,

169

인생을 바꿀 대단한 결심을 하기도 한다. 무사로 친다면 몸에 그 어떤 보호구도 착용하지 않은 채 작은 칼 하나로 한 군단을 무너뜨리는 무시무시한 실력자의 모습이었다. 무거운 철갑에 화려한 창을 들고 다니면서도 둔하기 짝이 없는 중세 기사와는 비교할 수 없는 날렵함이 글의 매력이었다. 그런데 글이 가진 단도직입적인 특성이 허약하기 짝이 없는 초라함일 수도 있다는 사실을 느낀 적이 있다. 뉴미디어의 시대가 오면서 영상으로 무장한 유튜브, 틱톡, 인스타가 유행하면서부터였다. 동영상을 전면에 내세우는 녀석들의 무기는 남달랐다. 컴퓨터 그래픽을 동원한 화려한 시각 효과, 다양한 배경 음악과 효과음, 거기에 온갖 폰트로 장식한 자막까지. 모두 하나같이 글과는 비교할 수 없을 정도로 보는 이들의 눈과 귀를 사로잡는 것들이었다. 그런데 여기에 맞서는 글이라는 것은 고작 흰색 바탕 위의 검은색 활자라니. 이런 상황에서 단도직입을 매력이 아닌 초라함으로 느끼는 것은 너무나 당연했다.

방송을 텍스트로 바꾸고 보니...

과거에 가끔 방송사의 방송용 스크립트를 받아 책의 원고로 구성해 주는 작업을 하곤 했다. 나는 방송 콘텐츠의 알맹이라고 할 수 있는 스크립트를 단행본이라는 원고의 성격에 맞게만 잘 풀어놓으면 될 거라고 생각했다. 이미 충분한 양의 영상, 멘트, 자막이 있으니 거의 식은 죽 먹기라고 여겼을 정도였다. 그런데 작업을 하면 할수록 기대와는 전혀 다른 일들이 펼쳐졌다. 방송으로 볼 때는 엄청나게 재미있었는데, 왜 글로 풀어놓고 보니 재미가 없는지. 작업이 거의 마무리될 즈음에는 '이 정도면 책으로 내는 것이 의미가 없다'는 판단을 내렸고, 이런 의견을 방송국에 전할 정도였다. 하지만 여기에서부터 딜레마가 시작됐다. 방송국은 이미 공식적으로 진행된 프로젝트라 책을 내지 않을 수 없는 입장이고, 그래도 작가인 나로서는 이 정도 수준의 내용으로는 책을 내기 힘들다는 입장이었다. 결국 여러 방식의 협력과 후작업을 통해서 책이 나오고 좋은 평가를 받기는 했지만, 당시만 해도 이런 고민을 쉽게 지울 수 없었다.

"아니, 방송으로 볼 때는 그렇게 재미있던 내용들이 왜 글로 옮겨 놓으니 별것 없어 보일까?"

그 비밀은 바로 영상이 가지고 있는 고유의 특성 때문이었다. 화면에 등장하는 사람과 그의 생생한 표정, 농담과 재치 있는 맞대응, 분위기에 맞게 진지하거나 발랄하거나 공포스러운 온갖 배경 음악, 물, 불, 얼음과 같은 컴퓨터 그래픽, 심지어 '쿠쿵~', '빡!', '뽕~'과 같은 익살스러운 선자 효과음, 그리고 화려한 폰트로 장식된 자막까지…. 영상에는 온갖 시청각적 자극이 공존하고 있다. 전투로 따지면, 적을 섬멸하기 위해 대포, 박격포, 기관단총, 자폭 드론 등 무기란 무기는 전부 동원되는 것과 마찬가지다. 문제는 이 화려하고 장엄한 광경을 겨우 활자라는 한 자루의 칼로 재현해야 한다는 점이었다. 이는 애초에 이길 수 없는 싸움이었고, 나의 패배는 처음부터 예정되어 있었다. 그때 처음으로 느꼈다.

"아, 글이라는 것은 참으로 허약한 녀석이구나…."

유혹적인 세부 정보의 정체

방송의 위대함을 여실히 느꼈지만, 어느 순간 그것이 오히려 정반대의 약점이 될 수 있다는 사실을 깨닫게 된 적도 있다. 나는 예능 방송을 거의 보지 못하는데, 말 그대로 '안' 보는 것이 아니라 '못' 보는 것이다. 처음에는 다른 사람과 다르지 않게 인기 있다는 몇몇 예능을 보았는데, 그때마다 TV가 끊임없이 나에게 폭탄을 던지고 있다는 느낌이 들었기 때문이다. 특히 미션을 수행하거나 게임을 진행하는 버라이어티 예능은 정말이지 현란했다. 캐릭터들의 자극적인 말과 웃음, 표정, 배경 음악, 효과음, 컴퓨터 그래픽 등이 초 단위로 눈앞에서 나타났다가 사라지면서 거의 정신이 혼미해지는 느낌을 받았다. 생각할 틈은 단 몇 초도 주어지지 않은 빠른 장면 전환으로 거의 두뇌가 마비되는 듯했다. 거기다가 실제로는 별로 웃기지 않은 장면을 억지로 웃기게 만들려는 의도를 가진 자막은 시청자의 감정을 억지로 조종하려는 것처럼 보이기도 했다. 대화를 할 때 말한 사람이 먼저 나서서 "이거 진짜 재밌지! 정말 재밌지 않아? 완전 재미있을 거야!”를 반복하는 것 같았다. 한마디로 예능을 보고 있자면, 누군가에게 멱살을 잡혀 끌려간다는 생각이 들었다. 그런데 이게 단순히 나만의 느낌은 아니었다. 실제 뇌과학에 의하면 이러한 상태는 정보의 폭주, 인지의 과부하, 도파민이 폭발하는 비상 상황이며, 전두엽 일부에 마비를 일으키는 과도한 각성의 상태이기 때문이다. 누군가에게는 이런 예능이 삶의 활력과 즐거움을 줄 수도 있겠지만, 그렇지 않아도 온종일 생각만 하면서 살아야 하는 나에게는 극심한 피로를 안겨 주었다.

나중에 교육 심리학이나 인지 심리학에서 이러한 방송 콘텐츠의 여러 부가적인 요소들을 ‘유혹적인 세부 정보 seductive details’라고 부른다는 사실을 알게 됐다. 선생님들이 초등학생들의 학습 효과를 높이기 위해서 여러 가지 시청각 자료를 제시하는 일이다. 이러한 장치들이 적절하게만 쓰인다면 초등생들의 관심을 끌 수는 있지만, 너무 과도해지면 중요한 학습 목표는 사라지고 결국 머리에 남는 것은 그때의 느낌이나 화려한 세부 정보일 뿐이다.

저자의 죽음과 독자의 탄생

그렇다면 지금껏 나에게 감동으로 남아 있는 명장면에는 어떤 것이 있을까 되짚어 봤다. 그럴 때마다 언제나 최상단의 이미지는 방송이 아닌, 책을 통해 재구성된 이미지였다. 예를 들어 헨리 데이비드 소로가 쓴 『월든』이라는 책은 저자가 한 호숫가에서 통나무집을 짓고 홀로 살아가는 내용인데, 실제 저자나 통나무집의 사진은 전혀 등장하지 않는다. 그런데 이상하게도 그때나 지금이나 나에게는 정말로 그러한 풍경을 직접 두 눈으로 본 것처럼 각인되어 있다. 헬렌 니어링이 쓴 『아름다운 삶, 사랑 그리고 마무리』에는 남편이 자연주의적 죽음을 선택하기 위해 한 달 반가량 음식을 먹지 않는 내용이 나오는데, 마찬가지로 그가 죽어가는 모습은 전혀 사진에 담기지 않았다. 하지만 그 모습은 나에게 숭고함 그 자체였다. 영상도, 음악도, 그래픽도 없었음에도 수십 년이 지난 지금까지 그 이미지에 대한 기억은 선명하다. 그리고 이 두 장면은 지금도 여전히 내 삶의 철학에서 압도적으로 중요한 부분을 구축하고 있다. 어쩌면 이것은 극히 개인적인 경험일 수도 있겠지만, 활자가 가진 위대함에 '독자의 개입'이 얼마나 중요한 전제인지를 보여 준다.

20세기 후반의 기호학자이자 철학자인 롤랑 바르트Roland Barthes가 던졌던 '저자의 죽음과 독자의 탄생'이라는 화두는 당시 사회에 상당한 충격을 주었다. 누군가는 말도 안 된다고 했고, 누군가는 그것이 진리라고 했으며, 또 누군가는 '무슨 말인지 이해를 못하겠다'고 했다. 그 핵심은 '작가는 더 이상 의미의 주인이 아니다'라는 것이다. 물론 처음에 작가는 특정한 의미를 내포한 글을 쓸 것이다. 그러나 일단 그 글이 세상에 나온 뒤에는 작가가 애초에 설계했던 의미는 사라지고, 독자가 탄생하여 적극적으로 새로운 의미를 발굴해 낸다는 것이다. 독자는 텍스트 사이사이에 있는 빈틈을 상상력으로 메우고, 자신의 경험과 기억을 투영해 작가의 의도와는 사뭇 다를 수 있는 자신만의 최종 완성본을 만들게 된다.

롤랑 바르트의 이야기를 전적으로 받아들이지는 못한다고 하더라도, 완전히 배제할 수 없는 건 사실이다. 정말로 작품에 대한 독자 개개인의 느낌, 생각, 의미는 완전히 다르기 때문이다. 독서 토론 모임에 나간 적이 있다면 누구라도 이런 부분을 느꼈을 것이다. 어떤 독자는 똑같은 책을 읽고 'A'라고 받아들이면, 또 다른 독자는 그와는 전혀 결이 다른 'D'나 'E'로 받아들이곤 하기 때문이다. 나 역시 책이 출간된 이후 독자들의 서평을 볼 때면, 나의 의도와는 다소 다르게 전혀 다른 포인트로 해석하고 감동을 말하는 사람들도 꽤나 있었다. 독자가 글을 읽을 때 적극적으로 해석에 개입하고 참여하는 것이다. 글은 각 개인에게 저마다의 강렬한 느낌으로 다르게 다가오며, 그 참여 과정에서 비로소 독자들은 책 읽기의 짜릿한 즐거움을 느끼고 지적인 사유를 해 나간다.

감각을 쥐어짜기 VS 깨달음을 유도하기

문제는 이러한 독자의 탄생과 적극적인 개입이 활자를 통해서는 자유롭게 이뤄질 수 있지만, 방송을 통해서는 이뤄지기가 쉽지 않다는 점이다. 물론 영상 콘텐츠는 분명 그 나름의 장점이 있다. 직관적으로 이해할 수 있고, 충분히 납득할 수 있으며, 정확한 팩트를 가감 없이 보여준다. 하지만 독자의 적극적인 개입을 현저하게 줄인다는 단점이 있다. 특히 예능같이 빠른 속도로 진행되는 영상물은 미처 생각하기도 전에 보여 주고, 들려 주고, 유도하고, 감각을 쥐어짠다. 시청자가 개입할 여지가 없다는 점은 그만큼 친절하다는 의미이기도 하겠지만, 또한 해석의 자유가 전혀 존재하지 않는다는 의미이기도 하다.

반면, 글은 독자가 충분히 여유롭게 상상할 수 있도록 배려하고, 나독이며, 자연스럽게 깨달음을 유도한다. 글이 가진 여백 덕분에, 독자는 글을 읽고 스스로 이미지를 떠올리고, 거기에 자신의 감정을 풍요롭게 담아둔다. 이 넉넉한 상상의 여지는 독자가 자아낸 감정이 더 오래도록 가슴에 남도록 한다. 어쩌면 내가 헨리 데이비드 소로의 통나무집 생활과 헬렌 니어링의 남편이 죽어가는 장면을 스쳐 지나가는 영상으로 보았다면 이토록 오랜 시간 머리에 남지도 않았을 것이고, 깊은 감동을 받지 않았을지도 모를 일이다.

과거에 방송의 단행본화 작업을 하면서 느꼈던 글의 허약함과 초라함은 오해였다. 글은 비록 단출해 보일 수는 있지만, 그 안에는 치명적인 맹독을 가진 무기다. 한마디로 스치기만 해도 죽는 필살기에 가깝다. 헤밍웨이가 썼다는 소설에 관한 전설적인 이야기가 하나 있다. 여기에서 ‘전설’이라고 표현하는 이유는 엄밀한 역사적 사실로 확인되지는 않았기 때문이지만, 그럼에도 우리는 이 이야기에서 텍스트가 가진 힘을 충분히 느낄 수 있다. 하루는 헤밍웨이가 식당에서 친구들과의 내기로 세상에서 가장 짧은 소설을 썼다고 한다. 이 소설은 단 여섯 개의 영어 단어로 만들어져 있다.

‘For sale : baby shoes, never worn.’

(판매합니다 : 아기 신발, 한 번도 신은 적 없음.)

나는 정말로 이 여섯 단어는 소설로 충분하다고 느꼈다. 더구나 독자들이 상상력으로 써 내려가는 소설이다. 처음에는 ‘뭐야, 아기가 죽은 거야?’라는 다소 걱정스러운 감정이 유발되고, ‘이걸 파는 사람은 얼마나 슬플까?’라는 공감도 생긴다. 한 번도 신지 않은 처연한 아기 신발의 이미지도 떠오른다. 하지만 여기에서 벗어나 정신을 차려 보면 ‘어쩌면 아기 신발 판매업자가 정식 유통 시스템을 거치지 않고 따로 판매하는 거 아냐?’라는 의심도 든다. 한마디로 상상력은 일파만파로 번져 나가고

스토리는 청산유수처럼 꽃이 핀다. 단 여섯 개의 단어도 이런 역할을 할 수 있으니, 한 편의 글, 한 권의 책이라면 '스치면 죽는 무기'가 될 수 있지 않을까. 글을 쓰는 자라면 단연 텍스트의 힘, 활자가 가진 강력한 영향력을 믿어야만 한다. '단도직입으로서의 글'을 가슴에 간직한다면, 그것을 날카롭게 벼리기 위한 노력을 멈추지 않을 수 있을 것이다.

긍정과 행복으로만
가득찬 삶은 없다

**"사페레 아우데! 너 자신의 지성을 사용할 용기를 가져라!
이것이 바로 계몽의 표어이다."**

−임마누엘 칸트, 「계몽이란 무엇인가에 대한 답변」

사람들의 생각과 판단에는 전제라는 것이 존재한다. 많이 들어 봤을 삼단논법에서 이를 알 수 있다. 'A는 B'고, 'B가 C'라면, 'A＝C'가 되는 방식이다. 여기에서 이 A와 B라는 전제를 어떻게 설정하느냐에 따라서 이후의 논리적 결과가 완전히 달라진다. 글 쓰는 사람들에게 전제는 더욱 중요하다. 왜냐하면 작가가 가정한 머릿속의 전제는 글에 고스란히 스며들고, 결국 독자에게도 영향을 끼칠 수밖에 없기 때문이다. 다만 전제에도 다양한 급이 있다. 그저 각자의 개성이라고 할만한 사소한 일상의 전제들도 있고, 한 개인의 사고의 틀과 방향을 전체적으로 좌우하는 대전제가 있다. 우리가 주목해야 할 점은 바로 이 대전제이다. 따라서 글을 쓰는 사람이라면 자신의 세계관 전체를 거슬러 올라가서 '과연 나의 대전제는 무엇인가'를 반드시 되돌아봐야 한다. 사실 이러한 대전제들은 대부분 겉으로 잘 드러나지 않고 무의식적으로 설정되기 때문에, 일부러 세신하게 촉수를 뻗어 만져 보지 않는 이상 그 실체를 알기가 쉽지 않다.

칸트의 선험적 전제

전제와 관련된 철학적 사유의 역사는 매우 오래됐다. 플라톤과 아리스토텔레스의 시대부터 철학적으로 정립됐고, 특히 중세 시대에는 '하나님의 존재와 성경의 진리'가 대전제로 자리 잡으며 모든 철학적 논의의 출발점이 되기도 했다. 근대에 들어서면서 이러한 전제에 대한 비판적인 시각을 가진 철학자들이 등장하기 시작했는데, 여기에서 매우 다른 차원의 생각을 전개한 사람이 바로

18세기 독일 철학자 임마누엘 칸트Immanuel Kant였다. 그는 인간이 보편적이고 필연적인 지식을 얻는 과정에 대해 논하면서 하나의 대전제로서 '선험적 지식'이라는 개념을 제시했다. 여기에서의 선험A priori이라는 말은 '경험 이전'이라는 의미이다. 즉, 칸트는 인간이 태어나면서부터 선험적으로 가지게 되는 특정한 지식이 있다고 했으며, 이는 일종의 대전제로 작동하게 된다고 말한다. 예를 들어 우리가 컴퓨터를 살 때 이미 공장에서 윈도우라는 운영체제os가 깔리는 것과 마찬가지다. 칸트가 말한 대표적인 선험적 지식은 시간이나 공간, 혹은 인과성 같은 것이다. 칸트에 따르면 시간이나 공간이라는 개념은 우리가 듣고 배워서 알게 되는 것이 아니다. 어쩌면 우리가 태어날 때부터 이미 선천적으로 내재된 것이라고 볼 수도 있다. 예를 들어 우리는 시간을 경험해서 아는 것이 아니다. '시계를 보고 시간을 아는 것이지 않냐?'고 말할 수 있지만, 사실 시계는 추상적인 시간을 숫자로 표기한 단순한 기기일 뿐, 그 자체로 시간은 아니다. 그럼에도 우리의 인식에는 시간이라는 개념이 아주 단단하게 자리 잡고 있다. 칸트의 '선험적 지식'이라는 개념은 당시 인식론에서 상당한 파장을 일으키며 철학사에 새로운 지평을 열었다.

그런데 나는 이러한 선험적 지식이 우리의 사회생활에도 분명히 있다고 생각한다. 좀 구체적으로 표현하자면, 선험적 지식과 비슷한 '선험적-사회적 지식'이라고 할 수 있을 것이다. 이는 많은 경우 우리의 사고와 판단에 하나의 대전제 역할을 하게 된다. 인간 사회에서 살아가면서 마치 컴퓨터의 운영체제처럼 우리에게 주어지는 생각들이 있다. 이런 생각들은 구체적으로 배우지 않았지만 상당수가 무의식적이고 암묵적으로 인정되는 것들이기에 칸트의 선험적 지식과 매우 비슷한 양상을 보인다.

글쓰기의 치트키, 긍정과 행복이라는 대전제

과거에 나는 다소 치기 어린 생각을 한 적이 있는데, 지금 생각해 보면 우리 시대의 이러한 '선험적-사회적 지식', 즉 사회적 대전제에 대한 나름의 도전이기도 했다. 예를 들면 '우리는 왜 국가에 지문을 등록해야만 하는가', '사람은 왜 오래 살아야 하는가', '자본주의를 시스

템적으로 망하게 하는 방법에는 어떤 것이 있을까?' 등
의 주제였다. 사실 대부분의 사람들은 이런 생각을 잘 하
지 않고, 또 하는 것이 의미가 없다고 여긴다. 물론 나 역
시 실제 지문 등록을 거부하거나, 오래 살지 않거나, 자
본주의를 망하게 하려고 이런 생각을 한 것은 아니다. 다
만 내가 왜 애초에 사회의 여러 대전제들을 아무런 거부
감도 없이 받아들이게 되었는지를 한번 되돌아보려는
의도였다.

그런데 최근 수년 사이에 비슷한 맥락의 고민이 있었
다. 그것은 바로 긍정과 행복에 관한 것이다. 과연 글을
쓰는 사람은 독자를 위로할 때 과연 얼마만큼 긍정적인
마인드를 제시해야 하느냐는 점이다. 행복도 마찬가지
다. 우리는 모두가 행복하기 위해 살아가고 있으며 또 반
드시 행복해야 한다고 여기지만, 과연 그러한 견해를 어
디까지 독자에게 거론해야 하냐는 의문이었다. 글을 쓸
때 이 긍정과 행복을 전제하고 써 내려가고, 그에 걸맞은
결론을 내리는 일은 마치 게임의 '만능 치트키'와 같은 역
할을 할 우려가 있다. 사회 구조적인 차원에서 발생하는
문제에 대해서도 '긍정적인 정신으로 무장하면 돼요!'라

고 쓰면 설득이 손쉽고, 인생의 궁극적인 의미를 '행복이 최고 아니에요?'라고 쓰면 여기에 반대할 사람은 거의 없기 때문이다. 모두가 인정하고 수긍하는 이러한 대전제에 기대어 글을 쓰게 되면 글쓰기 자체는 편해지지만, 결국 전체적인 결론은 '독자 여러분, 우리 모두 힘내요. 아자 아자 파이팅!'에 머물게 된다. 억지스러운 긍정과 행복에 대한 과도한 기대감을 독자에게 간식거리로 주면서, 나만 이 험악한 글쓰기의 괴로움에서 슬쩍 빠져나갈 궁리를 하진 않았는지 되돌아보기도 했다.

안타깝게도 우리는 언제나 힘을 내길 독려하면서 살아갈 수만은 없다. 스포츠와 같이 정해진 시간 내에서의 단기적인 '파이팅!'은 가능할지 모르지만, 인생이라는 장기전에서 계속되는 '에너지 부스터'는 자신을 소진하게 만든다. 게다가 이렇게 긍정과 행복을 대전제로 내세우면서 글을 쓸 때 가장 부자연스러운 사람은 사실 글 쓰는 사람 자신이다. 긍정과 행복의 가두리 양식장에 갇혀 늘 고만고만한 '고인 물'을 퍼 올리면서, 자신의 글이 신선한 생수인 척 가장해야 하기 때문이다. 결국 고심 끝에 내가 생각해 왔던 기존의 긍정과 행복에 대한 대전제를 수정해야만 한다는 결론에 이르렀다. 우리는 무엇인가를 무한히 긍정할 수 없고, 더 나아가 해서도 안 되며, 삶에는 자연스러운 우울과 침잠이 함께 해야 한다는 것이다. 행복도 마찬가지다. 나는 인간이 행복하기 위해 태어난 것도 아니고, 노래 가사처럼 사랑받기 위해 태어났다고도 보지 않는다. 어쩌면 그보다는 처절하게 생명 그 자체를 유지하기 위한 기계적인 반응이 주를 이룬다고 볼 수도 있다. 그렇다고 인간의 위대한 정신적 노력의 산물인 희생이나 봉사, 헌신의 가치를 부정하지는 않지만, 오직 생명이라는 관점에서 볼 때의 인간은 그렇다는 말이다.

물론 이러한 나의 철학적 견해를 누군가는 받아들이거나, 받아들이지 않을 수도 있고, 적당히 희석해 자신의 것으로 만들 수도 있을 것이다. 중요한 건 이렇게 자신의 세계관에 내재해 있는 대전제, 혹은 무의식적으로 주어진 선험적-사회적 지식을 점검하고 바꾸는 일은 분명 글의 맥락과 관점도 변화시킬 수 있다는 것이다. 그때부터 세상과 사물을 바라보는 시선이 달라지고, 독자에게 말을 거는 방식도 완전히 달라지기 때문이다. 어떤 작가나 예술가가 기존의 작품 세계와 완전히 결별하고 새로운

작품의 세계로 진입하는 것은 바로 이러한 자신의 대전
제가 바뀌었기 때문이기도 하다.

사페레 아우데, 더 나은 앎을 위해

선험적 지식에 관한 주장을 펼쳤던 칸트는 계몽주의
철학을 완성해 낸 사람이라고 볼 수 있다. 17세기, 인간
이 스스로의 이성을 통해 우주를 이해하고 더 나은 사회
를 만들 수 있다는 강력한 확신이 퍼져 가고 있을 즈음,
칸트는 그 정점에서 미성숙의 상태에서 깨어나는 '계몽'
의 중요성을 강조했다. 그는 1784년에 발표한 논문 「계
몽이란 무엇인가에 대한 답변」에서 이렇게 말했다.

"계몽이란 인간이 스스로 자초했던 미성년 상태에서
벗어나는 것이다. 미성년이란 다른 사람의 지도가 없이
는 자신의 지성을 사용하지 못하는 무능력한 상태이다.
이러한 미성년 상태를 인간이 자초하는 까닭은 지성이
부족해서가 아니다. 자신의 지성을 온전히 사용하려는
결단과 용기가 부족하기 때문이다. 사페레 아우데Sapere
Aude! 너 자신의 지성을 사용할 용기를 가져라! 이것이

바로 계몽의 표어이다."

라틴어인 '사페레 아우데'는 '감히 알고자 하라'는 의미이다. 이는 글 쓰는 사람들에게도 반드시 필요한 말이다. 긍정이나 행복을 비롯하여 세계관의 밑바탕에 깔린 대전제를 깨뜨리거나 바꿔 보려는 노력, 혹은 바꾸지는 않더라도 최소한 숙고를 통해 빈틈을 메우려는 시도는 매우 중요하다. 이를 통해서 글의 내용과 결과도 달라질 수 있겠지만, 동시에 작가로서 더 긴 생명력을 얻을 수 있는 길이 되기도 한다. 과거의 생각이라는 고인 물에 머무르지 않고 계속해서 새로운 영역을 개척해 나간다면, 그것 자체가 독자들에게 늘 새로운 통찰을 주는 길이며, 작가로서 오래 사랑받을 수 있는 방법이기도 하다.

4장

반항의 철학

정해진 정답에
반문하는 법

상식에 맞서는 짜릿함,
글쓰기는 대세를 따르지 않는
삐딱한 자의 철학이다

개인은 항상
무리에 압도되지 않기 위해
고군분투해야 한다.

-러디어드 키플링

러디어드 키플링Rudyard Kipling은 『정글북』으로 유명한 영국의 소설가이자 시인이며, 1907년 노벨 문학상을 받은 인물이다. 그의 말처럼 무리와 집단의 힘은 늘 강력할 수밖에 없고, 무엇보다 '상식'이라는 이름으로 불리기 때문에 이에 굴복하기가 무척 쉽다. 물론 상식은 충분한 검증을 거쳤다는 의미이기는 하지만, 오히려 너무 무비판적으로 받아들여질 수도 있다는 점을 간과해서는 안 된다. 그런 점에서 글을 쓰는 사람들은 언제나 상식에 대한 도발자들이고, 태도로 보자면 삐딱한 인간들이 아닐 수 없다. 하지만 세상을 비판적으로 혹은 전혀 다른 시각에서 바라보고, 그에 맞는 자신의 대안을 찾아 나가는 것이야말로 진정한 작가의 태도라고 볼 수 있다. 이를 위해서는 이 세상에 형성된 대세에 무조적으로 순응하지 않는 저항과 반란의 자세를 갖추고 있어야 한다. 때로는 일탈도 감행하고 지적 모험도 두려워해서는 안 된다. 이렇게 하면 남들과는 다른 색다른 관점을 가지는 짜릿함을 느낄 수도 있을 것이다. 분만 아니라 인생도 좀 삐딱하게 살아간다면, 왠지 모를 자유로움과 해방감을 느낄 수도 있지 않을까?

글은 얼어붙은
바다를 깨는 도끼

과거에 진부한 메시지 전달에서 벗어나려고 일부러 시도했던 생각의 방법이 하나 있다. 그것은 특정한 주제에 대해서 글을 쓸 때, 처음으로 드는 생각을 전면 부정하는 것이었다. A라는 주제에 대한 글을 쓰려고 할 때 '아, 그렇다면 B라고 쓰면 되겠네!'라며 빠르고, 자연스럽게 떠오르는 생각을 일단 거부했다. 흔히 '반대를 위한 반대'는 좋지 않은 것이라고 하지만, 당시에는 그와 같은 '무조건적인 반대'도 필요하다고 봤다. 왜냐하면 경험상 그

193

렇게 처음에 떠오르는 쉬운 생각에 의지해서 글을 썼을 때는 실제로 진부한 글들이 적지 않게 나왔기 때문이다. 쉽게 떠오른 생각은 나 역시 이 사회의 상식에 너무 익숙한 나머지 자동으로 생긴 것일 때가 많았다. 이 말은 작가의 생각이 기존의 일반적인 생각과 크게 다르지 않을 수 있다는 의미이다. 지금 생각해도 당시의 방법은 크게 틀리지 않았다고 본다. 작가 역시 한 사회의 문화에 매우 익숙한 사람으로서, 거기에서 완전히 빠져나오지는 못하더라도 최소한 그 흐름에 휩쓸리지는 않을 수 있어야 새로운 메시지로 글을 써 나갈 수 있기 때문이다.

집단 착각에 저항하는 존재

우리 사회에서 '집단 지성'이라는 단어가 대중적으로 쓰이기 시작했던 때는 대략 2010년 전후인 것으로 기억한다. 오랜 기간 알고 지내던 한 출판기획자와 집필을 위한 회의를 하던 중이었는데, 유독 집단 지성이라는 말을 자주 꺼냈다. 시대의 흐름에 민감한 분야가 출판기획이다 보니, 아마도 당시에 매우 유행했던 단어였을 것이다.

그런데 최근 몇 년 사이에 ‘집단 착각’이라는 용어도 등장했다. 영어로는 ‘Collective Illusions’라고 하는데 여기에서의 ‘Illusions’라는 말은 단순한 ‘착각’ 그 이상의 뉘앙스를 가지고 있다. 일단 단어 자체에 ‘환각, 환상’이라는 또 다른 의미가 들어있기 때문이다. 무엇보다 이 용어를 처음으로 대중화시킨 하버드대학교 토드 로즈 교수는 집단 착각을 ‘사회적 거짓말’, ‘날조’라고 표현함으로써 단순한 착각 이상의 의미가 있음을 말한다. 경험적으로만 봐도 우리에게는 집단 지성도 있지만, 분명 집단 착각도 있는 것처럼 느껴진다.

그런데 이러한 집단 착각에서 글을 쓰는 사람이라고 예외가 될 수는 없다. 그러니 글을 쓰는 사람이라면 혹시 자신 역시 주류의 의견에 너무 동조하는 것은 아닌지, 더 나아가 이러한 집단 착각에 빠져 있지 않은지를 반성적으로 생각해 볼 필요가 있다. 물론 이것을 점검하고 판정할 수 있는 엄밀한 기준 같은 것은 없다. 어느 쪽에서 보느냐에 따라서 판단은 전부 달라지기 때문이다. 결국 글을 쓰는 사람 본인이 계속해서 반추하고 점검하는 것 이외의 다른 방법은 존재하지 않는다. 실제로 많은 작가들이 스스로를 반추하고, 당연하다고 생각했던 상식을 되돌아보기 위해 의지를 다졌던 것도 바로 이런 이유 때문이다.

20세기 문학의 거장 중 한 명인 프란츠 카프카Franz Kafka는 1904년 1월, 친구에게 보낸 편지에서 이렇게 썼다.

"나는 우리가 읽는 책이 우리를 물고 찌르는 책이어야 한다고 생각해. 우리가 읽고 있는 책이 머리를 한 대 얻어맞은 듯 우리를 흔들지 못한다면, 대체 왜 읽고 있는 거지? 네가 말한 것처럼 우리를 행복하게 만들어 주기 위해서? 맙소사, 책이 전혀 없다면 우리는 오히려 더 행복할 거야. 우리를 행복하게 해 주는 책이라면, 그런 건 우리 스스로도 쓸 수 있어. 하지만 우리에게 진짜로 필요한 책은 이런 거야. 마치 하나의 재난처럼 충격을 주는 책, 자신보다 더 사랑했던 누군가가 죽은 것처럼 우리를 깊이 슬프게 만드는 책, 외딴 숲으로 쫓겨나는 유배처럼 느껴지는 책, 아니면 차라리 자살같은 절망을 일으키는 책. 책은 우리 안에 얼어붙은 바다를 깨뜨리는 도끼여야 해. 나는 그렇게 믿어."

재난, 슬픔, 유배, 절망, 그리고 도끼…. 카프카가 꺼낸 책의 위상은 하나같이 어둡고, 우울하고, 도전적이다. 하지만 그의 이 결기 어린 언급에서는 세상의 주류 생각과는 절대로 함께할 수 없다는 강한 의지가 담겨 있다.

순응 편향을 경계해야 할 때

1957년에 노벨 문학상을 수상한 알베르 카뮈 역시 끊임없이 저항하는 자로서의 작가의 위상을 누구보다 깊이 이해한 인물이었다. 그가 남긴 철학적 에세이 『반항하는 인간』에서 '나는 반항한다. 고로 존재한다'라는 문장은 그의 세계관을 단적으로 보여준다. 여기서 말하는 반항은 단순한 부정이나 파괴가 아니라, 세상의 부조리와 숙명, 절망, 폭력에 맞서 인간다운 존엄을 지키려는 태도였다. 작가로서 기존의 질서와 관념, 권력에 끊임없이 의문을 던지는 글쓰기를 실천했다는 점에서, 카프카의 생각과 크게 다르지 않다.

카프카와 카뮈가 문학적인 차원에서 세상을 바라보는 새로운 시각을 강조했다면, 던컨 J. 와츠Duncan J. Watts는 과학의 차원에서 그 길을 보여준다. 펜실베이니아 대학교

수인 그는 『상식의 배반』이라는 책을 통해 우리가 일상
적으로 받아들이는 믿음이 사실 얼마나 오류로 가득 차
있으며, 무비판적으로 반복되면서 왜곡되어 왔는지를
제시한다. 무엇보다 이 책에서 와츠 교수는 다양한 사회
현상과 인간 행동에 대한 수많은 상식들이 실제로는 잘
못된 전제 위에 서 있다는 점을 과학적 실험과 방대한 데
이터를 통해 지적한다. 그는 우리에게 '상식에 물들어 있
는 자기 자신을 쉽게 믿어서는 안 된다'는 교훈을 주고자
했다.

이러한 집단 착각과 주류의 정서, 통념적인 생각에서
멀어지기 위해서는 반드시 '순응 편향Conformity Bias'이라는
것에서 벗어나야만 한다. 순응 편향이란 많은 사람이 옳
다고 말하는 것에 쉽게 아니라고 말하지 못하고, 집단의
흐름에 맞춰 자신을 조율하고 따르려는 경향을 말한다.
스스로 판단하지 않고, 너무 쉽게 타인의 의견에 의지할
때 이런 현상이 나타난다. 일부러 그러는 것도 아니고 악
의가 있어서도 아니지만, 이런 경향은 인간의 본능에 가
깝다. 원시 사회에서 인간은 집단을 떠나 홀로 생존하기
어려웠고, 그 때문에 자연스럽게 이런 순응 편향이 형성

되었을 가능성이 크다.

발전을 위한 변증법

그래서 작가는 자신에게 떠오르는 빠르고 자연스러운 생각에 맞서서 때로는 '반대를 위한 반대'로 자신을 다시 한번 점검할 필요가 있다. 이러한 반대는 철학과 과학의 유구한 역사를 통해서 발전되어온, 이른바 변증법의 과정이기도 하다. 근대적 관념론의 대표 격인 프리드리히 헤겔의 철학에서는 '정正-반反-합合'이라는 경로를 통해서 새로운 것들이 생겨난다고 말한다. '정'은 처음의 주장이나 관점, 최초의 개념이다. 하지만 여기에 '반'이 등장하면서 기존의 질서에 대립하고 충돌을 일으킨다. 이는 다소 긴장과 갈등을 유발하지만, 최종적으로 '합'으로 이어지면서 더 나은 상태로 발전하게 된다. 과학도 결국 이런 방식으로 발전해왔고, 역사도 마찬가지였다. 주류가 등장하면 비주류가 생겨나고, 그것이 갈등을 일으키면서 더 나은 주류가 만들어지는 것이다.

글 쓰는 사람이 해야 할 생각의 과정도 마찬가지다. 처음에 생기는 관점, 생각, 신념이 충분히 가치 있다는 생각이 들더라도 한 번쯤은 정반대의 관점에서 바라볼 필요가 있다. 세상에서 말하는 상식과 통념에도 일단 무조건 반대하고 나서 다시 종합적으로 생각해 볼 필요가 있다는 이야기다. 이런 반란의 과정을 거치며 글 쓰는 자는 카프카의 말처럼 자신의 글을 도끼로 만들고, 더 많은 독자들에게 깊은 인상을 남기는 글을 쓸 수 있을 것이다.

얼쩡대다 끌려가거나
단호하게 벗어나거나

"프레임이란 경험을 조직하고
의미를 생성하는 구조다."

−어빙 고프먼,『프레임 분석』

최근 수년 사이에 프레임frame이라는 단어가 상당히 오염되었다고 본다. 원래 프레임은 사람의 인식이 가지고 있는 필요불가결하면서 본질적인 구조를 의미하는데, 그것이 마치 '조작된 함정'이나 '거짓을 진실로 둔갑시키는 기교'라고 인식되곤 한다. 예를 들어 '우리 정당에 대한 공격은 상대 정당의 프레임일 뿐이다'라는 식의 말을 들어 보았을 것이다. 이 말에서 프레임은 악의적인 조작의 기술 정도로 취급된다. 심지어 어떤 성추행 범죄자는 실제로 자신이 성추행을 저질렀음에도 "사람들이 나에게 성추행이라는 더러운 프레임을 씌웠다."라며 황당한 주장을 하기도 했다. 사실 프레임은 애초에 사람이 대상이나 사건을 해석하는 특정한 방식으로, 사고의 틀이나 체계를 의미한다. 따라서 이 프레임이 존재하지 않으면 의미 있는 사고가 이루어지지 않는다. 그런 점에서 글을 쓰는 사람들은 늘 새로운 프레임을 만들고, 그것으로 유의미한 메시지를 독자에게 전달하는 사람이라고 생각해야 한다. 따라서 작가는 스스로 '프레임 개발자'라는 인식을 견고히 하면서 기존의 프레임을 깨거나 새롭게 설계하는 것을 훈련할 필요가 있다. 그래야만 과거에 가졌던 생각의 한계를 벗어날 수 있고, 사회적인 고정 관념도 깰 수 있기 때문이다. 다만 이러한 프레임 설정은 자칫 잘못된 방향으로 활용될 수 있기에 반드시 윤리적인 면을 생각해야만 한다.

프레임이 가지고 있는 자기력

프레임은 크게 생물학적인 분석과 사회적인 분석으로

나눠볼 수 있다. 우선 생물학적으로 봤을 때 인간은 '프레임의 동물'이라고 할 수 있다. 인간의 두뇌가 무엇인가를 인식하고, 의미를 부여하기 위해서는 정보를 받아들이는 과정에서 조직화의 과정을 거치게 된다. 모든 정보를 한꺼번에 받아들이거나, 그것을 일일이 확인하지 못하기 때문에 중요한 특징들 위주로 편집하게 되는 것이다. 이때 편집의 기준이 되는 것이 프레임이다. 이 과정에서 기존에 가진 프레임을 토대로 해당 정보가 자신에게 어떤 의미와 가치가 있는지를 빠르게 판단한다. 이러한 프레임이 있어야만 미래에 대한 예측 가능성도 커져서, 결과적으로 생존력도 높아진다. 그런 점에서 인간의 모든 인식은 프레임에 의한 인식이라고 볼 수가 있다.

또 하나는 사회적인 분석이다. 사회학의 발전에 매우 큰 영향력을 미쳤던 어빙 고프먼Erving Goffman은 프레임을 '사회적 상호작용 속에서 상황을 해석하는 틀'이라고 말한다. '이 상황을 어떻게 봐야 하지?', 혹은 '지금 무슨 일들이 일어나고 있는 거야?'라는 질문에 대한 사고의 틀이라는 것이다. 따라서 공통의 양식으로서의 프레임을 공동체가 공유하게 되고, 인간은 이 틀을 중심으로 상호

작용을 한다. 이때 프레임은 공동체의 다수에게 받아들여져야만 '올바른 프레임'이라고 인정받을 수 있다.

글쓰기에서도 프레임은 매우 강력한 도구로 사용된다. 작가는 글의 전체적인 주제와 관점을 제시하면서 프레임을 설정하고, 그 프레임 안에서 자신의 주장을 설득력 있게 주장한다. 따라서 우리가 보는 모든 글과 책은 '글쓴이가 설계해 놓은 프레임 덩어리들'이라고 볼 수 있다. 물론 이것이 좋기나 나쁘다고 볼 수는 없다. 앞에서도 이야기했듯, 인간은 어차피 프레임을 통해서만 세상을 인식할 수 있기 때문이다. 다만 작가가 만든 프레임이 신선하고, 감동을 준다면 의미 있는 글이 되는 것이고, 그렇지 못하다면 독자의 흥미를 끌지 못하고 저평가받을 뿐이다. 따라서 글을 쓰면서 늘 어떻게 기존의 프레임을 바꾸고 새롭게 해야 할지 염두에 두어야만 한다.

그런데 이 과정에서 한 가지 반드시 주의해야 할 것이 있다. 프레임에는 일종의 자기력magnetic force이 존재한다는 것이다. 자석의 N극과 S극이 멀리 떨어져 있으면 서로 붙으려는 힘이 작용하지 않는다. 그런데 일단 자기장 안에 진입하게 되면 서로를 강력하게 끌어당겨 자연스럽게 달라붙게 된다. 이 말은 곧 기존의 프레임에서 확연하게 멀어지지 않으면, 원래의 프레임으로 계속해서 흡수당하게 된다는 것이다.

1970년대에 맥도날드는 매우 곤혹스러운 소문을 접하게 됐다. 햄버거에 들어가는 패티에 지렁이를 사용한다는 괴담 수준의 내용이었다. 당시 맥두날드의 CEO였던 레이 크록은 이를 적극적으로 반박하면서 "우리 햄버거는 절대로 지렁이 고기로 만들지 않습니다.", "지렁이는 오히려 고기보다 비싸서 우리에게 이득이 되지 않습니다."라고 홍보를 했다. 그런데 아무리 반박을 해도 소문은 퍼져 나가고 매출을 계속해서 떨어졌다. 그 이유는 반박의 메시지에 계속해서 '지렁이'라는 단어가 들어가면서, 고객들이 '지렁이 프레임'에서 벗어나지 못했기 때문이었다. 결국 회사에서는 아예 지렁이에 대한 반박을 하지 않고, "여러분의 곁에는 늘 맛과 즐거움이 가득한 맥도날드가 있습니다!"라는 전혀 다른 프레임의 광고를 내보내기 시작했다. 그렇게 시간이 흐르자 어느 순간 매출은 서서히 회복됐다. 이 사건은 프레임에서 완전히 떨어지지 않고, 그 근처에 있으면 계속해서 원래의 프레임으로 끌어 당겨진다는 사실을 보여 준다. 수년 후 온라인에서 일부 심술궂은 네티즌들이 '맥도날드의 고기에 벌레가 들어가지는 않는가?'를 다시 질문하기도 했다. 과거의 경험 때문인지, 맥도날드 담당자는 그 프레임에 발을 들여놓지 않기 위해서 다음과 같은 답변을 했다.

"말도 안 돼. 징그러워. 이 얘기는 여기서 끝!〔No. Gross! End of story.〕"

'벌레'라는 말을 전혀 사용하지 않고, 그저 '징그럽다-끝'이라는 표현으로 단호하게 프레임을 전환했던 것이다.

프레임은 단호해야 전환된다

프레임을 전환할 때는 단호함이 큰 무기가 된다. 어정쩡하게 기존의 프레임 근처에 서성이지 말고, 획기적으로 전환해야 한다는 것이다. 최근 내가 집필했던 세 권의 책은 모두 이러한 단호한 프레임 전환의 사례가 될 수 있을 것이다.

『지나고 보니 마흔이 기회였다』라는 책은 '마흔은 갱년기를 겪는 고통스럽고 허무한 나이'라는 기존의 시각을 전환하여 '마흔이 기회다'라는 새로운 인식을 제공했다. 『좋은 사람 되려다 쉬운 사람 되지 마라』는 기존에 사람들이 갖던 '좋은 사람으로 살아야지'라는 막연한 인식에 '그러다가 네가 쉬운 사람 될 수 있어!'라며 단호하게 경고했다. 『사랑받기보다는 차라리 두려운 존재가 되라』역시 마찬가지다. '당신은 사랑받기 위해 태어난 사람'이라는 낭만적이고 아름다운 기존의 상식에 정반대로 '차라리 다른 사람이 두려워하는 사람이 더 나을걸!'이라고 단언한다. 이러한 사례는 모두 기존의 상식적인 프레임 근처에서 얼쩡대지 않고 완전히 다른 방향에서 새로운 제안을 하면서 프레임을 전환한 것이라고 볼 수 있다.

이러한 프레임의 전환에서 빠지지 않아야 하는 함정이 있는데, 그것은 바로 '팩트'가 프레임 전환에 도움이 될 것이라는 믿음이다. 예를 들어 객관적인 통계자료, 설문조사, 혹은 권위 있는 기관의 연구 결과라면 이것이 충분히 기존의 프레임을 깰 수 있을 것이라는 생각이다. 하지만 안타깝게도 이러한 팩트들은 프레임을 깨기에는 현저하게 나약한 무기다. 팩트를 말하는 사람들은 '봐, 이게 진실이야. 이제 너의 생각을 바꿔!'라고 주장하고 싶겠지만, 그래 봐야 상대방에게는 잘 먹히지 않는다. 그 이유는 기존의 프레임 내부에서 작동하는 끈끈한 단어들의 연결과 연상작용이 매우 강하고, 거기에 감정까지 결부되기 때문이다. 그런 점에서 프레임을 깨기 위해서는 핵심 단어를 공략하는 편이 조금 더 낫다. 가장 대표적인 예가 바로 2000년대 초반에 미국 조지 부시 대통령이 단어를 바꿔서 프레임을 전환한 사례다. 당시 환경 분야에서는 주로 '지구 온난화global warming'라는 단어가 사용됐다. 온난화는 단어 자체로 공포감을 불러일으킨다. '지구 온난화 = 지구가 점점 뜨거워지고 있다 = 우리 인간도 뜨거운 지구에서 큰 재앙을 당할 수 있다'가 연상된다. 당시 부시 대통령의 입장에서는 이 말이 몹시 불편했다. 특히 그가 속한 공화당은 경제 발전을 전면에 내세웠기 때문에 환경 보호에 대한 적극적인 노력을 하지 않고 있었다. 그러니 더욱 '지구 온난화'라는 말이 거슬렸을 것이다. 그런데 그때 미국 공화당의 정치 전략가인 프랭크 런츠는 기후 온난화 대신 '기후 변화climate change'라는 단어의 사용을 권고했다. 이 제안이 채택된 후로는 공화당에서 나오는 상당수의 메시지에서 지구 온난화가 사라지고 기후 변화라는 단어가 사용됐다. 훗날 프랭크 런츠는 이 전략에 대해서 이렇게 메모를 남겼다.

"지구 온난화는 재앙적인 함의를 갖지만, 기후 변화는 더 통제 가능하고 감정적이지 않은 도전을 연상시킨다."

결국 그들은 사용하는 단어를 대체해서 그로 인한 연상작용과 감정을 변화시키고, 그 결과 프레임까지 전환한 것이다.

결론적으로 프레임 전환에서 핵심적으로 알아야 할 두 가지는 기존 프레임 근처에서 얼쩡대지 말고 단호하게 전환해야 한다는 점과 팩트보다는 개별 단어를 공략해 연상작용과 감정을 바꿔야 한다는 점이다. 그런데 여기에서 잊지 말아야 할 것은 윤리성을 유지해야 한다는 것이다. 앞서 프레임이라는 단어가 정치적으로 자주 사용되면서 '조작된 함정'이나 '거짓을 진실로 둔갑시키는 기교'로 오염되었다고 말한 바 있다. 그런데 실제 부시 대통령의 사례에서 보듯, 프레임 전환에는 어느 정도의 조작과 기교가 포함되는 것도 사실이다. 따라서 작가가 프레임을 악의적으로 활용하면 이는 비도덕적인 행위가 된다. '기후 변화'라는 단어 대체 전략을 썼던 프랭크 런츠 역시 훗날 미국 청문회와 각종 언론과의 인터뷰에서 그 일에 대해 "절대적으로 후회한다.", "내가 만든 잘못된 프레임은 수리repair되어야 한다."고 말하기도 했다. 좋은 프레임 전환은 독자에게 지혜와 통찰을 전해 주지만, 악의적 프레임 전환은 작가로서 해서는 안 되는 일이라는 점을 명심해야 한다.

작가의 글은 범죄 현장,
당신은 프로파일러

"분석적 읽기는 철저한 읽기이며,
완전한 읽기이며, 좋은 읽기이다.
즉, 당신이 할 수 있는 최고의 읽기 방식이다."

－모티머 J. 애들러, 『독서의 기술』－

좋은 글을 쓰기 위해서 좋은 글을 많이 읽어야 하는 것은 너무도 당연하지만, 읽는 방법에 따라서 그 효과는 천차만별이다. 말 그대로 눈이 가는 대로 설렁설렁 한 권의 책을 읽고 마는 경우도 있고, 치열하게 문장과 단락을 분석하면서 책에 메모를 하고, 의문점을 기록해 가면서 읽는 방법도 있다. 가벼운 독서도 효과가 없지는 않겠지만, 책을 읽은 후에 얻는 교훈의 농도는 상대적으로 옅을 수밖에 없다. 하지만 후자의 방법이라면 상당히 치밀하게 책을 읽는 것이기에, 저자의 글에서 배울 점을 빠르게 파악하고 자신의 능력으로 흡수할 수 있다. 간혹 문장력을 높이기 위해 필사를 하는 경우도 있는데, 물론 이러한 방법도 도움이 될 수는 있다. 하지만 단순히 글만 따라 쓴다고 해서 저자가 가진 사고의 구조에 접근하기는 쉽지 않다. 문장을 배우는 것이 일부에 불과하다면, 사고의 구조를 배우는 것은 거의 전부라고 해도 과언이 아니다. 저사가 어떤 방식으로 생각하고, 문단을 배치하고, 자신의 메시지를 밀어붙이는지를 제대로 알기 위해서는 단순한 필사만으로는 아쉬운 감이 있다. 그래서 글을 읽는 우리에게 필요한 것은 범죄 현장을 분석하는 프로파일러의 태도이며, 동시에 마치 참치 해체 쇼를 하듯, 낱낱이 분석하고 해체하면서 글을 읽어 가는 방식이다.

모든 저자는 처음에는 독자였다

내가 처음으로 프로파일링profiling에 관련된 책을 읽은 것은 1990년대 초반이다. 미국의 한 FBI 출신 프로파일러가 쓴 책의 번역본이 출간되었는데, 당시 한국에 번역

된 최초의 프로파일링 책이었던 것으로 기억한다. 나는 우연히 그 책을 읽고 상당한 흥미를 느꼈다. 프로파일러들은 범죄 현장을 보면서 용의자의 생각, 심리, 습관을 유추하고, 각종 증거를 통해서 범행 당시의 긴박한 상황과 관련자들의 움직임을 재구성한다. 그것은 마치 무덤 속에서 유물을 발견하고, 그 안에 갇힌 과거의 시간을 되살리는 고고학처럼 느껴졌다. 프로파일링에서 흥미진진한 부분은 프로파일러가 한 용의자에 대해 더 깊게 파악할수록, 일시적으로 그와 거의 비슷한 사고 구조를 가질 수 있다는 점이다. 이렇게 되면 프로파일러는 비로소 '아, 그랬구나!'라며 용의자의 행동을 이해하게 된다. 만약 연쇄 살인사건이라면, 프로파일러는 종종 다음 범죄가 어떻게 발생할지를 예측하곤 한다. 이것이 가능한 이유는 프로파일러가 점쟁이라서가 아니라, 바로 용의자의 심리와 사고 구조에 접근할 수 있기 때문이다. 글쓰기를 배우기 위해 글을 읽는다면, 작가를 용의자로 설정하고 그가 쓴 글을 범죄 현장으로 생각할 필요가 있다. 이러한 비유가 과하지 않은 이유는, 정말로 하나의 글에는 단편적인 아이디어를 넘어 작가의 사고 구조가 고스란히 녹아 있기 때문이다. 따라서 작가에 대한 존경이나 경탄, 선망하는 감정을 잠시 접어놓고, 용의자를 대하듯 그의 글쓰기 수법을 분석해 보면 좋다. 그러다 보면 글의 내부로 한층 더 깊이 들어갈 수 있고, 작가의 내밀한 심리까지 가닿을 수 있다.

이는 과거 해체주의를 주장했던 프랑스 철학자 자크 데리다Jacques Derrida의 방법론과도 유사하다. 그는 저자의 권위와 의도는 일절 신경 쓰지 않은 채 글 자체에 집중했다. 그렇게 해서 텍스트 내부에 있는 모순을 드러내고, 단어들의 이중성을 찾아내고, 고정된 위계질서를 찾아낸 것이다. 예를 들어 그는 인류학의 대가였던 클로드 레비스트로스Claude Lévi-Strauss의 여러 저작을 분석하면서, 그 안에서 매우 중요한 개념으로 나오는 '중심center'이라는 단어에 대해 가열찬 비판을 했다. 레비스트로스는 모든 신화 속에는 중심이 되는 구조가 있다는 주장을 펼쳤는데, 데리다는 그 중심이라는 것이 그저 예전부터 내려온 '신神'이나 '주체'의 다른 이름에 불과하다고 주장했으며, 심지어 맥락에 따라서 바뀌는 가상의 실체라고 말했다. 더 나아가 데리다는 그 중심이라는 것을 '끝없이 미끄러지고 유동하는 놀이play'라고 규정하기도 했다. 기존의 원전을 비판적으로 분석하고 재해석한 것이다. 데리다의 이러한 해체적 독서는 저자의 권위에 무조건적으로 순응하는 것이 아니라, 텍스트 그 자체에만 집중해서 분석하는 것을 말한다. 물론 우리에게 중요한 것은 레비스트로스가 맞느냐, 자크 데리다가 맞느냐가 아니며, 나 역시 그걸 평가하지도 못한다. 중요한 점은 독서를 하는 것에 있어서의 해체적 태도이다. 좀 쉽게 이야기하자면, '독자인 내가 당신의 글에 그리 순순히 설득되리라는 생각은 착각이야!'라며 도전적인 자세로 읽어야만 한다는 이야기다.

참치를 해체하듯 글을 읽는 법

글을 읽을 때 프로파일러나 데리다처럼 읽기 위한 구체적인 방법을 적용하기 위해서는 '참치 해체 쇼'를 연상하면 쉽다. 머리와 몸통을 분리하고, 뼈와 살을 발라내어 질서정연하게 전시하면 참치라는 생물이 어떻게 구성되어 있는지를 속속들이 알 수 있다. 여러 번 이러한 연습을 하면 눈앞에 참치가 없어도 참치를 재구성하기에 무리가 없을 것이다. 글을 읽을 때에도 이러한 해체적 수준으로 읽어야 한다. 해체 작업을 통해 독자는 작가의 사고 구조로 진입할 수 있게 된다. 주제 설정, 전개 방식, 문단의 구성, 문장의 흐름이 일목요연하게 드러나기 때문이다. 접속사를 어디에 쓰는지, 하나의 원고에서 몇 번 쓰는지를 체크하는 것도 도움이 된다. 작가가 결론을 쓸 때 얼마나 도발직으로 쓰는지, 아니면 적당한 선에서 타협하는지도 예의주시할 필요가 있다. 글을 해체하여 분석하다 보면 하나의 공통된 패턴들이 보이고, 그것에 익숙해지면 이제 그 저자의 글을 완전히 파악했다고 말할 수 있다. 이렇게 되면 마치 프로파일러가 용의자를 이해하듯, 독자가 작가의 사고방식을 납득하는 것이다. 그때부터의 모방과 발전은 매우 쉬운 일이다.

문제는 이러한 방법을 여러 사람에게 알려 주어도, 실제로 실천하는 사람은 손에 꼽는다는 것이다. 해체의 필요성에 대해서는 이해하더라도, 꼼꼼하게 분석하는 인내의 과정이 만만치 않기 때문이다. 하지만 하나의 책이 너덜거릴 정도로 집요하게 반복해서 분석하는 작업은,

아마도 열 권의 책을 대충 읽는 것보다 훨씬 강한 글쓰기 실력을 갖추게 해 줄 것이다. 이렇게 반복적으로 분석해야 하는 이유는 매번 할 때마다 보이지 않던 것이 새롭게 눈에 들어오기 때문이다. 처음 산을 오를 때의 느낌과 두세 번 올랐을 때의 느낌이 완전히 다른 것과 마찬가지다.

글 속의 저자는 '암시된 저자'

다만 이렇게 파악한 작가의 사고나 생각 구조가 실제 작가의 인격에서 유래된다고 판단할 필요는 없다. 그것은 막장 드라마에서 불륜을 저지르고 조강지처를 버리는 역할을 맡은 배우가 실제로 불륜을 저질렀다고 여기는 것과 마찬가지다. 글 속의 저자를 실제의 저자라고 믿어버리면, 객관적인 자세를 유지할 수 없다. 그를 너무 존경하거나, 혹은 너무 폄하할 필요까지는 없다는 이야기다. 문학 이론가 웨인 부스는 글을 통해서 이해하게 되는 저자의 이미지를 '암시된 저자implied author'라고 명명했다. 이는 실제의 작가와는 구별되는 것으로, 그저 글의 내부에서 생겨나는 작가의 재구성된 이미지라고 말했다. 따라서 해체적 글 읽기를 통해서 파악된 저자를 실제의 저자로 여길 필요는 없다. 단지 '작가의 한 유형' 정도로만 파악하고 분류하게 되면, 자신에게 도움이 될 만한 부분을 훨씬 선택적으로 잘 가려낼 수 있다. 예를 들어 '감정적인 공감에 매우 강한 작가의 유형'이라거나 '매우 중립적인 자세에서 문제를 중재하는 작가의 유형' 등으로 분류하면서, 자신에게 부족한 부분을 채워 넣으면 되는 것이다. 이렇게 여러 유형의 작가들을 하나씩 섭렵해 나갈 때, 비로소 기존의 작가를 모방하는 것을 넘어 자신만의 구성과 문체를 획득할 수 있을 것이다.

스스로를 속이는
글쓰기에 반항하기

"글쓰기에는 자기기만도 있다고 생각한다."

–이문열, '이문열 글쓰기의 영업 비밀'

프랑스 지성계의 대표적인 인물이자 1957년 노벨 문학상을 수상한 알베르 카뮈Albert Camus는 '부조리'를 깊이 있게 탐구했다. 인간은 삶의 의미와 목적, 이 세상의 질서를 원하지만, 세상은 삶의 의미나 목적 따위에는 관심조차 가지지 않으며 무질서하게 유지될 뿐이다. 이러한 부조리는 세상 곳곳에 널려 있다. 모두가 다 돈 걱정 없이 살면 좋겠지만 가난이 존재하고, 차별이 없어야 하지만 현실적인 차별이 존재한다. 원하지 않지만 있는 것, 없어

졌으면 좋겠지만 끈질기게 현실에 남아 있는 많은 것들을 이 부조리의 개념에 포함할 수 있을 것이다. 그런데 우리의 글쓰기에도 이러한 부조리가 존재한다. 그것은 바로 글을 쓰면서 발생하는 자기기만의 과정이다. 글쓰기에서의 자기기만이란 말 그대로 글을 쓰는 사람이 자기 자신을 속이는 일이다. 다만 이것이 의도적이고 악의적인 것은 아니며, 글쓰기 능력이 발전하면서 부수적으로 생기는 이쩔 수 없는 과정이라고 볼 수 있다. 글을 쓰는 사람이 자기기만에서 완벽하게 벗어나기는 힘들다. 하지만 가난과 차별이라는 부조리가 이 세상에서 완전히 사라지지 않는다고 그것을 '좋은 것'이라고 말할 수 없듯, 글 쓰는 자가 자기기만에서 완벽하게 벗어나지 못한다고 해서 그것을 긍정할 수는 없는 노릇이다. 결국 글 쓰는 사람은 계속해서 글에 자기기만의 요소가 없는지를 확인하고 최대한 줄여 나가는 방법밖에는 없다.

이문열 작가의 자기 고백

이문열 작가는 한국 문학사에서 매우 중요한 위상을

차지하는 인물이다. 나 역시 그의 데뷔작인 『사람의 아들』부터 시작하는 일련의 작품에 한동안 몰입했었다. 특히 고전 문학과 동서양 철학, 종교를 넘나드는 그 탁월한 지적 스펙트럼에는 경탄하지 않을 수 없었고, 인간이 가진 날 것의 심리를 해부하는 듯한 내용에는 놀라움을 금치 못했다. '과연 이런 게 진정한 문학이로구나!'를 느끼게 해 주었던 작가임이 틀림없었다. 그 후 2024년 9월, 그가 〈중앙일보〉에 게재한 '이문열 글쓰기의 영업 비밀'이라는 칼럼을 읽고 다시 한번 신선한 충격을 느꼈다. 그가 자신의 글에 자기기만이 섞여 있다고 고백했기 때문이다.

"글쓰기에는 자기기만도 있다고 생각한다. 글을 쓰기 위해 존재하지 않는 보편성을 만들어 내거나 실제와 다른 엉뚱한 기분을 갖다 붙인 적도 있다. 돌이켜 보면 과장이 뒤따르는 경우도 적지 않았다."

놀라웠던 것은 그의 고백 때문만은 아니었다. 나 역시 깨닫지도 못하는 어느 순간 내 글에 자기기만을 섞어 넣지는 않았을까를 처음으로 인식했기 때문이다. 한 시대의 문학적 아이콘이자 대가였던 그도 빠졌던 함정이었다면, 나라고 피해갔을 리는 없었다. 게다가 자기기만이라는 것이 겉으로 드러나게 구별할 수 있는 것도 아니라서, 끝임없는 반추로 되짚어 볼 수밖에 없는 문제다. 그렇다고 이제껏 써 왔던 모든 글을 일일이 다시 찾아볼 수도 없는 노릇이었다. 그렇게 나의 글쓰기가 얼마나 자기기만에 연루되었느냐의 문제는 미제 사건으로 남을 수밖에 없었다. 다만 밝혀지지 않은 사건에도 '심증'이라는 것이 있듯, 내가 썼던 글 역시 자기기만은 분명 있었을 것이라고 본다.

동의할 수 없는 보편성

우선 이문열 작가가 지적하는 세 가지 문제인 ▲존재하지 않는 보편성 ▲실제와 다른 엉뚱한 기분 ▲과장에 대해서 조금 자세히 살펴볼 필요가 있다. 앞으로의 나도 마찬가지지만, 글을 쓰고자 하는 사람이라면 반드시 염두에 둘 필요가 있기 때문이다. 이 세 가지 중에서 마지막 '과장'의 문제는 굳이 설명하지 않아도 모두가 알 것이다. 자신의 경험과 감정을 과장해서 서술하는 것이다.

두 번째인 ‘실제와 다른 엉뚱한 기분’은 어떤 경험을 했을 때 자신은 그렇게 느끼지 않았지만, 나중에 해석을 가져다 붙이는 것이다. 예를 들어 천둥과 번개가 치는 것을 봤을 때 별다른 감흥을 느끼지 않았어도, 글에는 당시 느끼지 못했던 낭만적 느낌을 끼워 넣어 ‘천둥 번개가 칠 때 나는 매우 낭만적인 기분이었다’라고 쓰는 것이다.

‘존재하지 않는 보편성’은 지극히 개인적인 생각이나 일부 사람의 주장을 마치 모든 사람이 인정하는 것인 양, 보편 명제로 제시하는 일이다. 실제로 나는 누군가가 제시했던 몇 가지 보편성에 다소 의아했던 적이 있었다. 예를 들어 어떤 작가는 ‘사람은 누구나 첫사랑을 잊지 못한다’라고 쓰면서 글을 시작했다. 하지만 나는 이 명제가 다소 의아했다. 극히 일부의 사람을 제외하고는 사람이 태어나서 수십 번씩 사랑을 하는 경우는 드물기에, 실은 첫사랑만 잊지 못하는 것이 아니라 모든 사랑을 잊지 못하는 것이 아니냐는 의문이 들었기 때문이다. 실제로 미국의 한 언론사에서 실시한 독자 대상 설문조사에서 ‘평생 몇 번의 사랑에 빠졌냐?’라는 질문에 전체의 90%가 네 번 이하라고 답했다. 다섯 번 이상이라는 사람은 10%

에 불과했다. 그렇다면 '사람은 누구나 첫사랑을 잊지 못한다'는 명제는 보편성을 획득하지 못하게 된다. 차라리 '사람은 자신의 사랑을 잊지 못한다'라는 말이 오히려 보편적이지 않을까 생각했다. 문제는 이렇게 한번 그럴듯한 보편성이 제시되면 독자는 그 명제에 애매하게 갇히게 된다는 점이다. 나 역시 한동안 '사람은 누구나 첫사랑을 잊지 못한다'라는 말에 긍정도 부정도 하지 못했었다. 또 한 가지를 예를 든다면, 사람이 자녀를 낳는 것을 과학적으로 설명할 때 '모든 인간에게는 종족 확산의 본능이 있다'는 말로 설명하는 방식이다. 이 말 역시 개인적으로는 다소 동의하지 않았다. '본능'이라고 칭하려면 인간 모두에게 공통적으로 나타나는 현상이어야 한다. 따라서 식욕이나 수면욕이 본능이라는 것은 납득할 수 있다. 나 역시 식욕이나 수면욕은 반드시 느끼기 때문이다. 그런데 과연 나에게 종족 확산의 본능이 있느냐를 돌아봤을 때는 전혀 그렇지 않았다. 바로 이러한 것들이 '존재하지 않는 보편성'의 사례일 것이다.

사랑인 듯, 사랑 아닌 썸

그런데 이문열 작가가 말한 세 가지 자기기만에는 한 가지 공통적인 특징이 있다. 바로 글쓰기를 수월하게 하는 지렛대로 매우 유용하게 사용된다는 점이다. 느닷없이 작가만의 보편성을 제시하면 독자들은 '그런가?' 하며 자신도 모르게 수긍하고 글의 논리를 따라가게 마련이다. 경험하지 않은 감정을 추후에 붙여 쓴다고 한들 독자가 확인해 볼 수도 없는 것도 너무나 당연하다. 거기다가 과장은 마치 음식의 양념처럼 제 역할을 하기에 글을 좀 더 극적으로 만들어 줄 수도 있다. 하나같이 글을 전개할 때 유용한 지렛대가 된다. 하지만 매우 엄격한 잣대를 들이댄다면, '사랑인 듯 사랑 아닌' 애매한 썸의 관계가 있듯, '진짜인 듯 진짜 아닌' 글이 될 수 있다. 엄밀하게 보자면, 이는 글의 대원칙에 어긋난다. 글을 쓸 때는 솔직하고 정직하게 쓰라는 말을 들었을 것이며, 특히 진정성은 매우 중요한 덕목임이 틀림없다. 하지만 문제는 그 누구라도 글쓰기 훈련에 매진할수록, 그리고 누군가로부터 글을 잘 쓴다는 이야기를 들을수록 자기기만의 실력이 늘어날 수밖에 없다. 단지 워낙 그럴듯하게 위장되어 잘 들키지 않을 뿐이다. 결국 글쓰기에서의 자기기만은 '원하지 않지만 있는 것, 없어졌으면 좋겠지만 끈질기게 현실에 남아 있는' 부조리에 가깝다고 할 수 있다.

반항으로서의 글쓰기

카뮈는 부조리한 상황에서 벗어나기 위한 세 가지 방법을 제시했다. 생물학적 자살, 철학적 자살, 그리고 반항révolte이다. 생물학적 자살은 실제의 자살이다. 삶을 포기하면 더 이상 의미니 목적이니 따질 필요가 없으니, 부조리한 상황에서 탈출할 극단적인 방법이 될 것이다. 두 번째 철학적 자살은 인간의 머리로 생각하지 않고 신에 의지해 모든 삶의 목적과 의미를 종교에서 찾는 것이다. 신은 이미 그 자체로 '절대적 존재자'이기 때문에 인간이 따로 자신만의 의지와 목표를 찾을 필요가 없으며, 그 결과 부조리한 상황에서의 탈출구가 된다. 마지막은 반항이다. 생물학적 자살도 싫고, 철학적 자살도 싫다면, 부조리한 현실을 있는 그대로 직시하면서도 굴복하지 말라는 것이다. 카뮈는 세상의 수많은 부조리가 있지만, 그럼에도 불구하고 살아내는 자세를 제시한다. 더 나아가 자신만의 존재 의미와 목적을 설정하고 그것을 추구할 때, 그것이 바로 '반항으로서의 삶'이라고 말한다.

그런 점에서 우리 자신도 모르는 사이에 익숙해질 수 있는 자기기만에 대해서 '반항으로서의 글쓰기'로 대응할 필요가 있다. 어떤 면에서 이는 작가의 내면에서 벌어지는 심리 투쟁이기도 하다. 편한 길에 유혹을 당하지만, 그럼에도 작가로서의 정직함을 유지하는 것, 어쩔 수 없이 자기기만을 하더라도 과도해지지 않으려 노력하는 것이다. 만약 이러한 최소한의 반항마저 하지 않고 글을 쓴다면, 자기기만의 기술은 더욱 발전해서 기분이나 보편을 부풀리고, 과장하는 것을 넘어선다. 어느 순간 객관적 팩트를 교묘하게 왜곡하거나 뉘앙스와 문맥을 약간씩 뒤틀면서 그 모든 것을 자신의 글을 위한 희생양으로 삼게 된다. 그때부터는 자기기만을 진정한 실력으로 착각할 수도 있기에 늘 경계심을 가져야만 한다.

퇴고는
쓰레기를 가지런하게
놓는 일이 아니다

"작가는 그의 작품 속에서 우주에 있는 신과 같아야 한다.
어디에나 존재하지만, 어디에서도 보이지 않아야 한다."

−귀스타브 플로베르, '루이 콜레에게 보낸 편지' 중

퇴고란 일반적으로 글쓰기의 가장 막바지 과정이며, 글의 완성도를 높이기 위한 최종적인 작업이라고 여겨진다. 이를 통해 문장의 군더더기가 덜어지고 더 매력적인 글이 완성될 수 있다. 그런데 퇴고의 철학적인 의미는 사실 여기에 그치지 않는다. 한마디로 말하면, 퇴고란 매우 숭고한 행위이다. '숭고'란 높을 숭崇에 높을 고高를 쓴다. '높다'라는 의미가 두 번 반복되니 '높고 또 높다', '존경할 만큼 높다'라고 풀이할 수 있다. 글쓰기의 기계적인 마무리 작업인 퇴고를 '존경할 만큼 높은 행위'라고 칭찬한다면 너무 과도한 것이 아니냐고 볼 수도 있다. 하지만 만약 인류가 퇴고의 정신으로 무장한다면, 지금 전 세계가 겪고 있는 수많은 문제 중 상당 부분이 해결될 거라고 본다. 왜냐하면 퇴고란 이제까지 굳건하게 유지해 왔던 '나의 정체성'에서 벗어나, 내 글을 읽는 '타인의 정체성'으로 들어가는 일이기 때문이다. 한마디로 완벽하게 입장을 바꿔 보는 일이 바로 퇴고의 과정이다. 이는 최대한 타인의 마음으로 들어가 그를 이해하고, 그의 손을 잡는 일이기도 하다. 만약 인류가 이런 태도로 상대를 대한다면, 아마도 전쟁, 차별, 혐오와 같은 것들이 지금보다 현저하게 줄어들 것이다. 숭고한 퇴고의 덕목은 개인의 삶에서도 상당히 중요하다. 자신의 정체성에서 벗어나 타인의 정체성이 되어본다면, 일상 속 인간관계에서의 평화는 물론, 좋은 협업의 관계를 유지할 수 있기 때문이다.

사실 우리는 일상에서 타인의 입장에 자주 서 보지 못한다. 그 자체가 매우 많은 에너지를 소모하는 일이기 때문이다. 타인의 그 복잡한 입장을 추론해 보아야 하고, 감정적 상태가 어떤지도 살펴야 한다. 거기다가 내 생각과 감정을 잠시 억누른 채 타인의 말을 들어야 하기에, 효율성을 추구하는 뇌의 측면에서는 보통 힘든 일이 아니다. 거기다가 타인의 마음을 이해했다면, 그때부터는 내 욕망과 이득을 줄이고 서로 타협을 해야 하는 후속 조치가 이어져야 한다. 이 역시 쉬운 일이 아니다. 그래서 차라리 타인의 입장에 서지 않는 것이 오히려 생물학적 차원에서는 훨씬 이득이라고 할 수 있다. 다만 어쩔 수 없는 상황에서 우리는 타인의 입장에 서게 된다. 매출을 올리기 위한 사업 프로젝트에 참여할 때는 반드시 소비자의 입장이 되어 보아야 하고, 업무에서 서로 치열하게 손익을 다툴 때도 효과적인 타결을 위해서는 상대방의 입장이 되어 본다. 즉, 매우 간절하게 돈이 얽힌 사안이거나 논쟁과 다툼을 해결해야 하는 급박한 상황이 아니라면, 사실 타인의 입장이 되어 보는 일은 쉽지가 않다.

그런데 글을 쓰는 사람들은 이 불편하고 힘든 '타인이 되는 경험'을 반복적으로 해야만 한다. 퇴고란 본질적으로 타인들이 내 글을 잘 이해할 수 있도록 하는 최종 과정이기 때문이다. 그렇다고 무작정 타인으로 변신하는 일도 아니다. 어쨌든 내가 쓴 문장과 메시지를 끝까지 포기하지 않으면서도 남을 설득해야 한다는 점에서, 양측의 균형을 잡는 이중고를 수행해 내야만 한다.

내가 나를 평가하는 시간

퇴고의 과정은 독일 철학자이자 가톨릭 성인인 에디트 슈타인Edith Stein이 말한 '아인퓔룽Einfühlung'의 과정과 동일하다. 독일어로 아인Ein은 영어의 'in'에 해당하고 퓔룽fühlung은 영어의 'feeling'이다. 따라서 '감정 안으로 들어간다'는 의미이다. 하지만 이는 단순한 감정 이입이나 공감을 의미하지는 않는다. 여기에는 일종의 '경계 유지'가 필요하다. 아인퓔룽은 '나와 타인의 경계를 유지한 채 타인의 고유한 경험을 이해하려는 의식적인 행위'이기 때문이다. 에디트 슈타인은 아인퓔룽 과정을 통해서 나와 상대방을 상호 독립적인 존재로 존중하고 이해하며, 이를 통해 인간관계에서 공동체가 이루어질 수 있다고 말한다. 이러한 과정을 고스란히 품고 있는 것이 바로 글쓰기에서의 퇴고라고 할 수 있다. 퇴고는 책을 매개로 작가와 독자의 공동체를 건설하는 과정이다. 어떤 독자가 내 책을 읽고 던져 버린다면 공동체 형성에는 실패한 것이고, 만약 행복하게 읽고 소중하게 간직해 준다면 나와 독자와의 무형의 공동체가 형성된 것이다. 퇴고는 독자와의 공동체를 형성하길 기대하며, 작가가 독자의 입장에서서 자신의 글을 마지막으로 점검하는 과정이다. 이렇게 '공동체'라는 관점에서 본다면, 퇴고가 얼마나 타인의 생각과 감정을 섬세하게 다루어야 하는 마지막 작업인지를 더 깊게 느낄 수 있을 것이다.

동시에 퇴고는 '나의 모든 권능을 내려놓고, 내가 나를 평가하고 성찰하는 시간'이기도 하다. 글을 쓰는 사람은 그 글 안에서는 마치 신神과 같이 전지전능한 존재이다. 모든 것을 자신의 마음대로 할 수 있고, 또 그래도 되는 특별한 권리가 있다. 그런데 자유로운 글쓰기의 시간이 흐르고 퇴고의 시간을 맞이하게 되면, 반대로 자신의 모든 권능을 내려놓고 가장 낮은 자로서 반추해야만 한다. 어쩌면 왕이 되어 무제한의 권력을 행사하다가, 갑자기 평민이 되어 왕이 해 놓은 일을 평가하는 일과 비슷하다. 퇴고는 곧 자기 성찰의 정점이라고 볼 수 있다. 그런 점에서 퇴고는 '성찰하지 않는 삶은 살 가치가 없다'는 소크라테스의 말에 부합하기도 한다. 이렇게 늘 성찰하는 과정이 몸에 밴 사람은 자신에게 아무리 권능이 있더라도 결코 함부로 휘두르지 않는 겸손함을 갖추게 된다. 글을 쓰는 사람들의 이러한 독특한 위상을 누구보다 잘 파악했던 사람이 바로 프랑스 소설가 귀스타브 플로베르Gustave Flaubert다. 우리나라에서 발간된 세계문학전집에 빠짐없이 포함되는 『마담 보바리』를 쓴 작가이다. 그는 이런 말을 했다.

"작가는 그의 책 안에서 우주에 있는 신과 같아야 한다. 어디에나 존재하지만 어디에서도 보이지 않아야 한다."

모든 것을 좌지우지할 수 있지만, 그 어떤 곳에서도 자신을 드러내지 않는다는 점은 한마디로 지극한 겸손의 태도이기도 하다.

초고에서 발현되어야 할 퇴고의 철학

다만 퇴고의 정신과 철학이 가장 발현되어야 할 때는 글을 다 쓴 후만이 아니다. 실제로는 초고를 쓸 때부터 퇴고 정신과 철학이 적용되어야 한다. 그 이유는 글의 길잡이라고 할 수 있는 서두를 쓸 때가 가장 중요한 시점이기 때문이다. 일단 서두에서 길을 제대로 잡아 주지 않으면 글은 수시로 옆으로 비켜나고, 함정에 빠지곤 한다. 여기에는 여러 가지 이유가 있겠지만, 대체로 초기부터 적절하게 브레이크를 잡지 않고 마음 가는 대로 글을 쓸 때, 즉 작가가 자신의 권능을 너무 발휘할 때이다. 흔히 '글을 마무리하기가 어렵다'고 하소연하는 이유도 바로 여기에 있다. 끝을 생각하지 않고 '잘 쓰고 싶다'는 욕심만으로 앞으로 달려나갔으니, 길을 잃는 것은 당연한 일이다. 따라서 퇴고라는 행위 자체는 글을 다 쓴 후에 정리하는 마지막 단계이기도 하지만, 퇴고의 정신만큼은 초고를 쓸 때부터 간직하고 적용해야만 한다.

미국의 저널리스트이자 작가 지망생이었던 아놀드 새뮤얼슨은 헤밍웨이에게 글쓰기 지도를 받으면서 "모든 초고는 쓰레기다."라는 조언을 들었다고 한다. 물론 처음 하는 시도에서 완벽을 기대하지 말라거나, 혹은 충실한 퇴고를 통해 완성도를 높이라는 의미일 것이다. 하지만 나는 '초고가 쓰레기면 퇴고도 결국 쓰레기에서 벗어나지 못한다'고 본다. 쓰레기를 아무리 예쁘게 정리한들 결국 '가지런한 쓰레기'일 뿐이기 때문이다. 퇴고가 무슨 마법이라도 부리듯 글을 변화시킬 것이라고 기대해서는 안 된다. 이 때문에 초고에서부터 퇴고의 정신을 간직한 채 글을 써야 하는 것이다. 자신이 쓰는 글로 변화될 독자의 생각과 감정의 흐름을 사려 깊게 살피면서 공동체를 이루려는 노력, 그리고 자신에게 부여된 작가로서의 권능과 욕심을 절제하는 퇴고의 정신을 잊지 말아야 한다. 더 나아가 이러한 퇴고의 정신이 삶의 자세에 적용된다면 상당수의 인간관계 문제에서 벗어날 수 있다. 역시 관계의 문제는 상대의 입장보다 내 입장을 우선시할 때 발생한다. 또한 자신이 가진 권한을 과도하게 사용하고 욕심을 부릴 때에도 갈등이 생겨나기 마련이다. 결국 그간 맺어 왔던 친구, 가족, 동료라는 공동체는 깨질 수밖에 없다. 퇴고의 정신을 글쓰기를 넘어 내 삶의 철학으로 받아들인다면, 보다 평화롭고 지혜로운 관계를 유지해 나갈 수 있을 것이다.

문학비평, 구라,
그리고 저자라는 정체성

누구나 되돌아보면 자신의 삶을 이끌어 온 몇 가지 주요 장면이나 궤적을 손꼽을 수 있을 것이다. 사고가 전환되는 순간도 있고, 도전과 분투의 계기가 되는 순간도 있겠다. 나 역시 마찬가지인데, 작가로의 성장과 관련된 몇 장면을 꼽을 수 있을 듯하다.

첫 번째는 문학비평을 만난 일이다. 문학비평은 날카로운 시각으로 문학 작품을 해부하고 비평한다. 어떤 소설가나 시인들은 자신의 작품에 대한 이런 비평의 글을 별로 좋아하지 않는다. 주관적인 감상의 대상인 문학을 지나치게 난도질한다고 여기고, 또 혹자는 자신이 발가

벗겨진다고 생각하기 때문이다. 하지만 내 입장에서는 특정 작품을 읽고, 그 작품을 비평하는 글을 번갈아 읽는 것이 참으로 흥미진진한 일이었다. 작가의 진지함과 진정성, 심오함이 평론가들의 첨예한 비판과 충돌하는 장면은 요즘 하는 말로 '팝콘각'이기도 했다. 그런데 나는 단지 손 놓고 즐기는 태도로만 본 것은 아니다. 문학 비평가들의 글은 가히 놀랍고, 충격적이기까지 했기 때문이다. 비평가들은 대체로 인문학 분야의 석사, 박사를 거치거나, 전문가 집단에서 오랜 연구를 하며 비판적인 시각을 키워왔고, 문학과 예술, 사회, 철학, 역사 등에 대해서 탁월한 비평의 글을 써냈다. 당시 자주 읽어 지금도 기억하는 비평지가 〈문학과 사회〉, 〈창작과 비평〉, 〈실천문학〉 등이었고, 새로운 비평지가 창간될 때마다 반드시 사 보곤 했다.

지금의 내가 쓰는 글을 '관광지의 차력쇼'에 비유한다면, 비평가들의 글은 '베테랑 킬러들의 실전 격투기' 그 자체였다. 그들이 써 내려가는 날카로운 문장은 뼈를 부러뜨리는 일격과도 같았고, 그 행간에서는 선혈이 낭자했다. 때로는 평론가들의 생각과 논리를 미처 따라가지

못하는 경우도 많았지만, 그 현란한 격투 실력을 보는 것
만으로도 만족했다. 어떤 면에서 봤을 때 글을 쓰는 초창
기에 이러한 비평문을 만난 것은 큰 행운이었으며, 지금
도 글쓰기에 고군분투하고 싶은 사람에게 문학비평을
읽고 공부하는 일은 여전히 유효하리라고 본다. 처음에
는 적응이 잘 되지 않아도, 날카로운 시각을 갖추기에는
매우 큰 도움이 될 것이다.

화려한 구라의 세계

　내게 영향을 미친 두 번째 계기는 '구라'라는 말을 심도
있게 생각해 본 일이었다. 과거에 개그맨 전유성 선생님
과 『전유성의 구라 삼국지』라는 총 10권에 달하는 작업
을 함께한 적이 있다. 그가 고전 『삼국지』를 현대적으로
재해석한 원고 초안을 내게 보내 주면 그것을 다듬는 역
할을 했다. 그러다 보니 함께 『삼국지』의 역사적 여정을
따라 중국 여행을 간 적도 많았고, 심지어 작업을 위해
집에서 함께 기거하며 자고 먹었던 기간도 꽤 길었다.
함께 많은 대화를 하고 작업을 하다 보니 그의 기발한 발

상이 참으로 부러웠다. 그가 해 주는 여러 이야기를 접하면서 '나는 언제 전유성 선생님처럼 기발하고 창의적인 생각을 할 수 있을까?'라고 부러워했던 것이 기억난다. 전 선생님은 특히 '구라'라는 단어를 많이 썼는데, "그 사람이 참 구라가 좋거든."이라거나 "남훈아, 정말 이건 죽이는 구라 아니야?"라는 말을 자주 하곤 했다. 다만 그가 말하는 구라는 거짓이나 허풍, 지어낸 이야기, 과장 등의 부정적인 의미는 아니었다. 내가 그 단어에서 느낀 것은 오히려 이 책의 본문에 나오는 '천일야화' 같은 뉘앙스였다. 천 일 동안 한도 끝도 없이 펼쳐지는 이야기의 세계, 재미와 격정, 놀라운 반전이 함께하는 풍부한 스토리텔링에 더 가까울 것이다. 나는 전 선생님이 풀어내는 그 기기묘묘한 구라의 세계에 가히 감탄하지 않을 수 없었다.

'구라'라는 이야기를 많이 듣다 보니, 나의 글쓰기 역시 하나의 구라가 되어야 하지 않을까 하는 생각도 들었다. 그것이 소설이든, 비평이든, 아니면 시라고 한들, 모두 사람의 관심과 흥미를 끌어 귀 기울이게 하고, 재미있어야 하기 때문이다. 이 책의 프롤로그에서 나의 글쓰기 방향이 '북소리로서의 글쓰기'라고 말했는데, 아마 전유성 선생님을 만나고부터는 '구라로서의 글쓰기'가 추가되지 않았을까 싶다. 그러자 글을 쓰는 마음이 조금 가벼워지기도 했다. 그때부터 '내 고뇌의 결과를 독자들에게 전해 줘야지'라는 엄숙한 태도가 아니라, 그저 전유성 선생님이 하듯, 술자리에서 흥겹게 재미있는 이야기를 전해준다는 자세로 글을 써 보기도 했다. 이렇게 하면 마음이 가벼워지고 과도한 진지함에서 탈피할 수 있었다. 특히 지금도 나는 가끔 글을 쓰는 사람들에게 '글을 쓰면서 너무 진지해지지 말라'고 조언하곤 한다. 과도하게 진지하면 교훈에 집착하게 되고, 그러다 보면 글쓰기가 무겁고 힘들어진다. 혹여 이런 진지함의 탈피가 필요한 사람이라면, '나는 지금 구라를 풀고 있다'라고 생각하면 조금은 마음이 가벼워질 것이다.

다만 흥미진진한 구라를 풀기 전에 그것을 만들어 가는 묵직한 시간도 분명히 있어야만 한다. 나는 전유성 선생님과 함께 생활하면서 그의 기발하고 창의적인 생각, 그리고 끝도 없는 구라의 세계에 대한 비밀 하나를 목격하게 됐다. 바로 아침에 잠에서 깨 일어났을 때 보았던 전 선생님의 모습이다. 그는 늘 밤이 되면 누군가와 어울려 술을 마시기는 했지만, 다음 날이면 상당히 일찍 일어나 클래식 음악을 크게 틀어놓고 책을 읽곤 했다. 시집, 소설, 고전 문학은 물론이고 장르를 가리지 않는 독서를 했다. 사실 그 모습을 보기 전까지 개그맨이 그토록 많은 책을 읽는다는 것을 상상하지는 못했다. 하지만 전유성 선생님의 집은 곳곳에 쌓여 있는 책들 때문에 몸을 이리저리 들면서 걸어야 할 정도였다. 그는 교보문고에서 가장 많은 책을 사는 사람으로 꼽힌 적도 있다고 했다. 어떤 분야의 일을 하든 독서는 무척이나 중요하지만, 기발하고 창의적인 발상, 그리고 화려한 구라를 자아내기 위해서는 독서라는 묵직한 침묵의 시간이 필수적이라는 사실을 다시금 느낄 수 있었다.

자신을 '저자'로 인식한다는 것

마지막은 '저자'로서의 정체성을 받아들인 것이다. 예전에는 꽤 여러 권의 책을 썼으면서도 스스로를 저자라고 인식하기보다는 그냥 '글 쓰는 사람'이라고 생각하곤 했다. 책 몇 권 썼다고 저자라고 불리는 것도 좀 민망한 듯싶었고, 아직 내가 그렇게 불리기에는 많이 부족하다고 여겼기 때문이다. 거기다가 뭐라고 불리든 내 정체성이 변할 리는 없으니 크게 상관이 없다고 생각했다. 그래서 여행 중에 만난 외국인에게 나를 소개할 필요가 있으면 대부분 'writer'라는 단어를 썼다. 그런데 한번은 외국에서 만난 한국인 이민자 부부와 친해진 적이 있었다. 외국에서 태어나고 자란 그들의 딸은 한국어가 서툴렀는데, 아내분은 딸에게 나를 'author(저자)'라고 소개했다. 어떤 면에서 좀 신선했다고 할까, 혹은 조금 무겁게 느껴졌다고 할까. 'author'에는 작가로서의 권위와 영향력, 그리고 신뢰성이라는 뉘앙스가 포함되어 있기 때문이다. 그 아내분은 영어를 매우 잘하는 사람이었기에, 'writer'와 'author'의 뉘앙스를 구분해서 사용한 것이다. 훗날 딸이 가끔씩 엄마에게 "그 author는 잘 지내?"라고 물어본다는 이야기를 전해 들은 적이 있다. 그때부터 남들의 시선에 따라서 나의 정체성을 단순히 '글 쓰는 사람'을 넘어 '저자'라고 생각해 보는 것도 의미 있겠다는 생각이 들었다. 내가 하는 생각과 내가 쓰는 글이 누군가에게는 매우 소중한 조언이자 교훈이 될 수 있다는 책임감은 물론이고, 이를 충실하게 수행하기 위해서 좀 더 진중하게 사고해야 할 필요성도 느끼게 됐다.

설사 지금 자신이 책을 출판했든, 혹은 그렇지 않든, 글을 쓰는 자신을 '저자'라고 규정하고 인식하는 일은 매우 중요하다고 본다. 실제 많은 연구 결과에서도 자신의 정체성을 어떻게 정의하느냐가 그가 하는 일의 성과에도 상당한 차이를 가져온다고 입증됐다. 정체성의 확립은 새로운 생각에 도전하고, 더 치열하게 다양한 방법을 궁리하는 여정에 분명한 도움이 되기 때문이다.

지금까지 작가로서 나에게 전환점이 됐던 세 가지를 소개했다. 문학비평에서 배우는 날카로운 분석과 문장, 과도한 엄숙함을 느슨하게 하는 구라의 태도, 책임감 있게 사고하는 저자로서의 자기 인식은 분명 글쓰기에 도움이 되는 철학이라고 생각한다. 마지막으로 개인의 삶과 글쓰기는 절대로 분리될 수 없다는 점을 강조하고 싶다. 글쓰기에는 시작도, 끝도 없다. 꼭 컴퓨터 앞에 앉아 타이핑을 하지 않아도, 이미 마음과 머릿속에서는 글쓰기를 위한 사유가 일어나고 있다. 책상에서 일어난다고 하더라도 우리의 글쓰기는 멈추지 않는다.

『칼의 노래』와 『남한산성』으로 유명한 김훈 작가는 과거 한 언론 관련 단체가 주최한 자리에서 청중으로부터 "하루에 세 시간을 일한다고 하셨는데, 그 일이 글을 쓰는 것인가요?"라는 질문을 받고 이렇게 대답했다.

"글 쓰는 것이거나, 아니면 가만히 앉아 있습니다. 남들이 보기에 '저 사람 놀고 있구나' 할 때 나는 일을 할 때가 많습니다. 잘 설명하기 어렵지만."

작가에게는 삶이 곧 글쓰기이고, 글을 쓰는 과정이 삶이다. 그리고 이는 결국 온전히 각자의 신념과 판단, 그리고 철학에 기반하게 된다. 따라서 지금부터는 이 책에서 제시했던 내용을 뛰어넘는 더 깊은 철학을 여러분이 스스로 만들어 갈 시간이다.

평생 작가의
실전 글쓰기 팁

이 부록은 본문에서는 다루지 않았던
보다 실전적인 글쓰기를 다룬다.
사소해 보일 수도 있지만, 실제로 글쓰기를
고민하는 사람에게 해준 이야기, 그리고
글쓰기에 대한 개인적인 소회를 담았다.

글과 술, 마지막 10%의
부스터라도 원한다면

글과 술은 동서고금을 불문하고 오랜 문학의 역사 속에서 밀접한 관계로 회자되어 왔다. 특히 동양의 풍류風流 문화는 자연과 음악, 춤과 글을 하나로 묶어 단단하게 고정된 이미지를 형성했다. 아닌 게 아니라, 다수의 작가들이 술을 좋아하고 또 많이 마시기도 한다. 나 역시 술을 좋아하기는 하지만, 내가 술과 글에 대해 조금은 색다른 접근을 해 볼 수 있었던 것은 대학 시절에 접한 매우 기이한 인물 때문이었다.

미국 버클리대학교에서 심리학 박사 학위를 받은 티모시 리어리Timothy Leary는 1959년부터 하버드대학교 심리학과에서 강의를 하기 시작했다. 어쩌면 그의 미래는 이미

촉망받는다고 해도 과언이 아니었을 것이다. 다른 대학도 아닌 세계 최고의 대학이라고 일컬어지는 곳에서 강의를 시작했으니, 머지않은 장래에 유명 대학의 교수가 되는 일은 그리 어렵지 않았을 것이다. 그런데 어느 날부터 그는 향정신성 물질이 인간의 정신에 미치는 효과를 탐구하는 연구 프로젝트를 시작했다. 수업 도중 환각 물질인 LSD와 실로시빈psilocybin 등을 본인과 학생들에게 투여하는 실험을 진행한 것이다. 물론 당시 이러한 물질이 불법으로 규정되어 있지는 않았지만, 어쨌든 매우 놀랍고도 충격적인 실험인 것은 틀림없다. 이후 그는 여러 논란 끝에 결국 더 이상 하버드대학교에서 강의를 하지 못하게 됐다. 왜 이런 황당한 짓을 했을까가 궁금해 더 알아보니, 티모시 리어리는 당시 히피 세대의 문화적 아이콘이자 반문화反文化 운동의 선두 주자였다. 그는 환각 물질이 인간의 잠재력을 확장하는 도구가 될 수 있다고 보았고, 그것으로 더 나은 세상을 만들 수 있다고 믿었다. 그는 한동안 학계에서 저평가되었지만, 지금은 그의 유품과 연구 기록이 뉴욕 공립 도서관에도 보존되어 있으며 꽤 중요한 자료로 평가받고 있다고 한다.

술은 흥분제가 아닌 안정제다

술이 환각 물질까지는 아니지만, 그래도 두뇌에 특정한 영향을 미치는 외부 물질인 것만큼은 사실이다. 나는 술이 어떤 방식으로 글쓰기에 도움이 되거나, 혹은 도움이 되지 않는지가 궁금했다. 처음 해 본 시도는 사고의 확장에 술을 이용한 것이었다. 술을 마신 후 글쓰기 주제에 대해 생각하거나, 소재를 찾아보는 것이다. 일단 이 부분에서는 술이 확실한 효과가 있다고 볼 수 있다. 확실히 알코올은 자유로운 상상과 비논리적인 사고를 증폭시킨다. 기존의 견고했던 논리의 흐름이 느슨해지면서 느닷없이 창의적인 생각이 떠오를 수 있다는 이야기다. 일종의 '사고의 탈억제' 현상이 생기는 것이다. 감옥에서 풀려난 이성은 자유롭게 주제를 헤집고 다니면서 새로운 생각을 가능하게 한다.

또한 술은 사람을 매우 차분하게 안정시켜 주는 역할도 한다. 보통 술을 마시면 감정이 치솟는다고 생각하지만, 그것은 뇌의 이성적 작용이 지나치게 억제되어 그 틈을 뚫고 감정이 튀어나오는 것일 뿐이다. 사실 과학적으로 알코올의 일차적 효과는 안정작용이다. 의학에서도 알코올은 안정제 계열에 속하는 물질로 분류되고 있다. 따라서 일정한 양까지는 사람을 매우 차분하게 만드는 역할을 하기도 한다. 이 과정에서 약간의 스트레스가 해소되면서 글을 쓰는 부담감이 줄어들기도 한다. 스트레스가 줄어든 차분한 상태. 당연히 글쓰기에 도움이 될 수가 있다.

그렇다면 이런 이유들로 술이 글쓰기의 잠재력을 확장시킨다고 볼 수 있을까? 경험적으로는 '반반'이라고 답할 수밖에 없고, 얻는 것이 있으면 분명 잃는 것도 있다. 비논리적인 상태가 되어 창의적인 사고가 늘어난다고 한들, 술이 깨었을 때 그것을 의미 있게 정돈하고 논리적으로 추스르기가 쉽지 않다. 물론 일부는 가능하겠지만, 만취의 상태가 된다고 한들 창의력까지 만땅이 되지는 않는다. 또 마음이 매우 차분해져서 꽤나 촘촘한 문장을 쓴다고 한들, 술에서 깨어 보면 역시 쓸만한 것들이 그리 많지는 않았다. 술이 글에 도움이 된다면 퇴고의 과정에서 5~10% 정도는 될 수 있다고 보이지만, 이는 그리 높은 정도는 아니기에, 일부러 글을 위해 술을 마시고 건강을 해칠 정도는 아니다. 원래부터 술을 마시던 사람이라면, 가끔 취기와 맨정신을 오가면서 자유로운 사고의 훈련을 해 볼 수는 있겠지만, 그렇다고 술을 마시지 않는 사람이 글을 위해서 일부러 술을 마실 필요는 없다고 생각한다.

다만 술을 마시고 했던 창의적 사고의 경험을 평소에 해 볼 수는 있을 것이다. 술을 마셨을 때의 자유로움, 기분 좋은 고양감, 논리에서 벗어나는 탈억제의 상태를 기억했다가 평상시에 재현해 보려고 하는 일이다. 그렇게 되면 이제까지 정면으로만 보던 것의 옆과 뒤, 아래를 볼 수 있는 능력이 늘어날 수 있다고 본다.

작가와 독자의 간격,
시스루 커튼 한 장을 사이에 두고

작가와 독자 사이에는 글을 두고 다소간의 간격이 형성된다. 글을 쓰는 방식에 따라 때로는 매우 친밀하게 가까워지기도 하고, 반대로 좀 한적한 거리감이 생기기도 한다. 작가가 감정을 다소 풍부하게 드러내면 독자는 여기에 반응하여 친밀감을 느낄 수 있다. 그런데 이게 너무 강해지면 작가의 감정이 판을 치게 되고 독자는 몰입이 잘 되지 않는다. 마치 그냥 평범하게 서서 이야기하면 될 일인데, 너무 얼굴을 가깝게 들이밀면서 이야기하는 것과 비슷하다. 이렇게 되면 아무리 듣기 좋은 소리도 부담되는 것이 사실이다. 아무리 현명한 조언과 지혜를 전달한다고 한들, 눈을 부라리면서까지는 할 필요가 없다. 반면에 간격이 너무 멀리 떨어진 글도 있다. 보고서에 가까운 글이라면 친밀감이 형성되지는 않는다. 지식이나 정보를 획득할 수는 있어도 글에 빠져들어 흥미진진한 과정을 느끼기는 쉽지 않다. 마치 멀찍이 떨어져 강의를 하는 모습을 연상하면 될 것 같다.

감정도 낄 때가 있고 빠질 때가 있어야 하기 때문에 나는 여전히 글을 쓸 때마다 이 거리 조정에 신경을 쓴다. 대체로는 다소간의 거리를 두고, 너무 친밀하게 다가서지 않는 편을 선택한다. 개인적인 성향도 있을 수 있겠지만, 그것이 글을 쓸 때 좀 더 자유롭기 때문이다. 내가 생각하는 가장 이상적인 작가와 독자의 간격은 얇은 시스루 커튼 한 장을 사이에 두고 서로 속닥이는 모습이다. 이렇게 하면 독자는 굳이 작가의 얼굴 표정까지 볼 필요는 없으니 감정에 너무 휘말리지도 않고, 작가 역시 계속해서 독자의 눈치를 보지 않아도 되니 일정한 거리감을 유지할 수 있다. 거기다가 내가 아무리 친한 척한다고 해도 독자가 나를 서먹하게 느낄 수도 있고, 부러 거리감을 둔다고 친해질 만한 사람이 안 친해지지도 않는다.

느낌표와 유행어의 문제

이런 거리감 유지의 핵심은 작가의 감정이기는 하지만, 가끔 의외로 시스루 커튼을 확 잡아채서 갑자기 독자의 얼굴을 정면으로 바라보는 당황스러운 상황이 생긴다. 그것은 바로 감정이 과도하게 담긴 느낌표와 유행어, 구어체를 자주 사용할 때이다. 나의 경우 느낌표는 오직 누군가의 전언을 옮기거나, 다른 이의 감정을 표현할 때에만 사용한다. 즉, 작가인 나의 서술에는 느낌표를 전혀 쓰지 않는다. 작가가 느낌표를 쓰면 자신의 감정을 아낌없이 투척하니까 본인의 속은 시원하게 느껴질지는 모르겠지만, 독자 입장에서는 다소 강요당한다는 느낌이 들 수 있다.

또 하나는 유행어의 사용이다. 작가도 동시대의 사회 문화 안에서 살아가는 사람이기 때문에 유행어를 쓰는 것이 그다지 문제 될 것이 없다고 할 수도 있다. 물론 유행어를 적재적소에 잘 쓰면 마치 기름칠을 한 듯 재미있는 문장을 쓸 수는 있다. 하지만 너무 자주 쓰거나 적절하지 않으면 오히려 독자에게 너무 확 다가가는 듯한 느낌이 든다. 대체로 유행어들은 매우 직설적이기도 하고, 때로 유머스럽기도 하기에 감정을 듬뿍 담고 있는 언어다. 구어체의 사용도 마찬가지다. 언어는 다양한 급이 있는데 예를 들면 다음과 같다.

- **뺨을 때리다.**
- **싸대기를 날리다.**

형식적으로 분류해 보자면 '뺨을 때리다'는 문어체에 속하고 다소 격이 높다. 반면 '싸대기를 날리다'는 좀 더 구어체에 속하고 글에서 쓰기에는 격이 다소 낮다고 볼 수 있다. 하지만 꼭 문어체와 격이 높은 언어만이 글에 어울린다고 보지는 않는다. 때로는 격이 낮은 구어체를 적절하게 사용하면 확실히 글의 맛이 찰지게 변한다. 다만 역시 감정이 너무 담겨 있고 직설적이기 때문에 자주 사용하면 글 자체가 천해 보이는 면이 있다.

독자와의 간격 문제는 사실 글 쓰는 사람마다 개인적으로 판단한 일이다. 작가의 캐릭터 자체를 친밀하게 설정할 수도 있고, 이럴 때는 감정을 풍부하게 드러내면 된

다. 중요한 건 글에 자신의 실제 정체성과 스타일을 잘
반영하고, 그 간격이 독자에게 어떤 영향을 미칠지를 늘
숙고하는 자세이다.

단어의 뜻은 변하지 않아도
뉘앙스는 변한다

국어사전에 적혀 있는 단어의 뜻은 변하지 않는다. 사전 편집진이 합의를 거치면 바뀔 수 있겠지만, 굳이 아주 특별한 경우가 아니라면 그런 일은 거의 발생하지 않는다. 신조어가 추가되는 경우는 흔하지만, 기존 단어의 뜻은 대부분 그대로 유지된다는 이야기다. '외롭다'는 단어의 뜻은 50년 전이나, 10년 전이나, 지금이나 동일하다. 그런데 문제는 그 말의 뉘앙스가 시대적 분위기와 사람들의 정서에 따라서 바뀐다는 점이다.

실제로 요즘 만나본 한 20대는 '일꾼'이라는 단어에 대해서 다소 부정적인 느낌을 가지고 있었다. 과거 회사에서 '일꾼'이라고 하면 상당히 강도 높은 노동도 잘 소화해

낸다는 칭찬의 의미로 쓰이기도 했다. 사전적으로도 매우 중립적인 의미를 가진다. '어떤 일에 종사하거나 그 일을 맡아 하는 사람' 정도이다. 그런데 요즘 청년들에게는 다소 하대하는 의미로 느껴진다고 했다. '그저 허드렛일이나 하는 사람'으로 느껴진다는 이야기다. 이는 단어의 사전적 의미는 변하지 않았지만, 그 말을 받아들이는 사람들의 느낌과 정서가 달라진 것이다.

또 세월이 흐르면서 잘 쓰이지 않게 되거나 쉽게 이해가 가지 않는 단어도 생긴다. 가장 대표적인 사례가 바로 '신바람'이다. 신바람이란 단어는 1990년대에 김영삼 대통령이 '신바람 나는 나라'를 국정 슬로건의 하나로 채택한 후에 상당히 대중화됐다. 이후 보건학자인 황수관 박사가 TV에서 '신바람 건강학'을 주창하면서 폭발적으로 확산됐다. 그런데 지금 세대는 이 말을 자주 사용하지도 않으며 정확한 의미를 파악하지 못한다. 처음 '신바람'이라는 말을 들으면 일부는 고개를 갸우뚱하기도 했다.

잘 모르거나 이상하게 느껴지거나

또 왠지 올드해 보이는 느낌의 단어도 있다. 최근에 누군가의 글에 대한 피드백을 할 일이 있었는데 '설파'라는 단어가 눈에 들어왔다. '어떤 내용을 듣는 사람이 납득하도록 분명하게 드러내어 말한다'는 의미이다. 나 역시 과거에 글에서 자주 썼던 말이었지만, 그때는 올드하다는 느낌이 들지 않았다. 그런데 나 역시 이제는 이 설파라는 단어를 글에서 쓰지 않은지 꽤 오래됐다.

때로는 여전히 많이 쓰이는 단어지만 개인적인 문해력의 차이 때문에 사람들이 알아듣지 못하는 단어도 있다. 예를 들어, 장관 후보자가 청문회 과정에서 자녀의 취업 과정을 해명하면서 "제 자녀는 소정의 절차를 거쳐 적법한 과정으로 취업했습니다."라고 말한 적이 있었다. 그러자 여기에 대해 한 국회의원은 보통의 취준생들은 '고난의 절차'를 거쳐 취업에 성공한다며 반박했다. '정해진 합당한 절차'라는 소정所定의 뜻을 '간단한 절차'로 이해한 것이다. 이 밖에도 '심심한 사과를 하다'라는 표현에서 심심甚深은 간절하고 진심 어린 사과라는 의미인데, 이를

‘재미없고 무료한 사과’라고 여기는 경우도 있다. 이런 낮은 문해력을 비판하며 ‘문해력 논란’이 이슈가 되기도 했다.

그런데 우리의 글쓰기에서 ‘독자의 낮은 문해력을 탓하는 일이 과연 온당한가’라는 점에서는 다시 한번 생각해 볼 여지가 있다. 다수 국민들이 지켜보는 청문회장이나, 독자층이 넓은 책에서 굳이 오해를 살 만한 단어를 사용할 필요가 있을까? 만약 특정한 단어를 대체할 다른 단어가 전혀 없다면 모르겠지만, 가능하면 최대한 독자가 이해하기 쉬운 단어를 사용해야 한다는 의미다. 그냥 ‘진심으로 사과하다’라거나 ‘합당한 절차’라고 쉽게 풀어 쓰면 누구라도 이해할 수 있다. 하지만 이렇게 쓴다고 한들 여전히 고민의 여지는 남는다. 너무 대중을 따라간다는 비판을 받을 수도 있기 때문이다. 글에는 교육적인 차원도 있다는 점에서 때로는 독자가 모르는 단어도 사용해서 공부할 기회를 줄 수 있다는 의견도 존재할 수 있다. 물론 이 부분에 대해서도 충분히 동의한다. 다만 여기에서도 정도의 문제를 생각해 볼 필요가 있다.

결국 ‘일꾼’처럼 뉘앙스가 변하든가, ‘신바람’이나 ‘설파’

처럼 다소 올드해진 단어, 더 나아가 문해력의 차이에 따라서 이해하기 힘든 단어에 대해서는 늘 되새김질을 하면서 사용할 필요가 있다.

포스터 문구에 스며들어 있던
문장의 리듬감

읽다 보면 난독의 수준으로 읽히지 않는 글이 있다. 글자는 읽히지만 의미가 들어오지 않고, 자꾸만 질질 끌려가는 듯한 느낌이다. 그런가 하면 왠지 잘 읽히는 문장도 있다. 문장에 생동감이 느껴지고 물 흐르듯 읽히곤 한다. 왜 이런 현상이 생기느냐 했을 때, 그 이유 중의 하나는 바로 음절의 배치에 있다. 이를 가장 극대화한 것이 각종 포스터에 들어가는 표어들이다. '화재는 계절 없고 불행은 예고 없다', '자나깨나 불조심, 너도나도 불조심', 나는 이 표어에 답이 있다고 생각한다. 모두 세 글자와 네 글자가 운율을 이루어 결합되어 있다. 읽다 보면 확실히 입에 착착 달라붙으면서 리듬감이 느껴진다. 전문적으로 표현하면 '3·4조의 음수율을 가지고 있다'고 말한다. 음수율音數律이란, 음절의 숫자가 일정하게 배치되는 것을 말한다.

이문열 작가도 한 인터뷰에서 여기에 대해 언급한 바 있다. 그는 "경험상 3·4조나 7·5조, 드물게는 12·8조의 음수율을 적당하게 반복하면 산문 문장이 유려하게 느껴졌다."고 말했다. 그리고 이 작가는 대표적으로 연작 소설집 『그대 다시는 고향에 가지 못하리』의 한 구절을 예로 들었다. 아마도 이 문장을 읽어 보면 곳곳에 배치되어 있는 3·4조의 음율을 느낄 수 있을 것이다.

'춘삼월 꽃그늘에서 통음痛飮에 젖으시고, 잎 지는 정자에서 율律 지으셨다. 유묵儒墨을 논하실 땐 인간에 계셨지만, 노장老莊을 설하실 땐 무위無爲에 노니셨다.'

문장의 리듬감을 향상시키기 위해 내가 가끔 하는 방법은 리듬감 넘치는 아이돌 그룹의 댄스 음악을 들으면서 그때 느껴지는 리듬의 쿵쾅거림을 가슴에 담아두는 일이다. 그리고는 '이런 리듬감 넘치는 문장을 써야지'라고 생각하는 것이다. 물론 실제로 그렇게 되는지 안 되는지는 과학적으로 검증할 방법은 없고, 누군가는 너무 신

비주의적인 방법이 아니냐고 할 수도 있다. 하지만 아름다운 풍경을 눈과 마음에 가득 담아둔 화가의 그림에 그 모습이 녹아 나오듯이, 리듬감이 뛰어난 노래를 귀와 마음에 담아둔 작가의 글에서는 그러한 리듬이 스며 나올 수 있다고 본다.

100m를 기어가는 일은
너무 힘들다

　인터넷에 있는 글쓰기 조언 중에서 가장 오해라고 생각하는 것은 '무조건 많이 쓰라'는 내용이다. 심지어 어떤 사람은 '글쓰기의 해결책은 그냥 무턱대고 많이 쓰는 일이다'라는 조언을 하기도 한다. 글쓰기가 전혀 습관이 되지 않은 사람에게는 일정 부분 도움이 될 수도 있겠지만, 사실 '무조건 많이 쓰기'는 진정한 글쓰기 실력을 늘리는 데에는 최악의 방법이라고 할 수 있다. 매우 느리게 늘고, 그 과정도 지루할 것이며, 심지어 흥미마저 잃게 만든다. 100m 달리기를 할 때 뛰어가지 않고 기어가는 느낌이다. 물론 기어가도 100m를 갈 수는 있다. 단지 기록 차이가 너무 심하고, 당사자 역시 녹초가 될 뿐이다.

나는 글을 쓰는 시간이 30분이라면, 무엇을 어떻게 쓸지 생각하고 자료를 정리하는 시간이 최소 1~3시간은 되어야 한다고 본다. 그리고 그렇게 모인 생각과 자료가 100이라고 한다면, 실제 글에 반영되는 내용은 20~30 정도일 뿐이다. 즉, 글을 쓰기 위해서는 생각보다 훨씬 많은 시간을 생각에 투자해야 하고, 예상보다 많은 자료를 가지고 있어야 한다. 물고기를 잡기 위해 그물을 던질 때 가능하면 넓고 멀리 던지는 일과 다르지 않다. 그런데 매우 감사한 일은, 이렇게 생각하고 자료를 모으는 준비 자체가 이미 머릿속에서는 글을 쓰고 있는 과정이 된다는 점이다. 생각과 자료의 조각들이 부딪혀서 맞는 조각들끼리 자리를 찾아가고, 서로 궁합이 맞는 것끼리 짝을 이루게 된다. 그러면 실제로 타이핑을 하지는 않지만, 조금씩 흐름이 만들어지고, 그 과정에서 자연스럽게 글이 써지는 효과가 생긴다.

글이 끓어 넘칠 때까지 기다리기

내가 알던 한 작가에게 '글 쓰는 시간보다 생각하는 시간을 많이 가져라'라는 조언을 한 적이 있었는데, 당시에 그는 그 말을 그다지 깊이 있게 받아들이지를 않았던 모양이다. 한참 후에야 그는 자신이 몸이 아파서 책상에 앉아서 글을 쓰지 못하고 누워있는 시간이 많았다고 했다. 그런데 신기하게도 누워있는 동안 머릿속으로 글이 써지는 경험을 했다고 전해왔다.

나 역시 과거에 한동안 누워서 눈을 감고 생각으로만 글을 쓰는 연습을 많이 하곤 했다. 첫 문장에서부터 시작해서 A4용지를 기준으로 6~7줄 정도는 실제 워드프로세서에 쓰지 않고 생각으로만 전개해 나가는 방법이다. 기억력의 한계로 그 이상은 쓰기 힘들지만, 주로 글의 앞부분을 이렇기 잘 다져놓으면 뒷부분이 쉽게 풀리는 경우가 많다. 물론 꼭 누울 필요는 없다. 지하철이나 버스에서 해도 충분하다. 다만 눈을 감는 이유는 생각에 방해가 될 수도 있는 외부의 시각적 자극을 차단하기 위한 것이다. 이 방법이 매우 효율적인 것은 실제 자신이 타이핑했던 글이 마음에 들지 않아 다시 지워야 하는 고통스러움이 없고, 수없이 여러 번 지웠다가 써도 힘들지 않다는 점이다.

나는 '무조건 많이 쓰라'는 조언보다는 '글이 끓어 넘칠 때까지 기다리면서 생각하라'라는 조언을 하고 싶다. 하루로 안 되면 이틀을 해도 되고, 그 이상의 시간이 걸려도 상관은 없다. 도저히 쓰지 않고는 배길 수 없을 정도로 문장이 차고 넘쳤을 때가 비로소 키보드에 손을 올려놓을 시간이다. 이때야말로 폭발적으로 100m를 질주해 나가는 가장 흥분 넘치는 시간이 될 수 있을 것이다.

글은 조립식 장난감을
만들어 가는 과정이다

가끔 어린 시절에 많이 했던 놀이나 행동들이 성인이 되어 자신의 직업에 도움이 되는 경우도 있다. 예를 들어 형제들의 싸움을 말리던 경험이 많았던 아이가 커서 협상가가 된다든지, 어린 시절에 손놀림을 좋아하며 여러 정교한 놀이를 했던 아이가 커서 수술을 잘하는 외과 의사가 된다든지 하는 것이다. 나에게도 이런 것이 있지 않았나 생각해 보곤 했는데, 만약 영향을 미친 것이 있었다면 '프라모델'이라고 불리는 조립식 장난감이 아니었나 싶다. 예를 들어 2차대전 당시 독일군 병사와 각종 무기, 진지, 함선, 비행기 등을 조립하는 일이다. 정말이지 용돈만 생겼다고 하면 서둘러 동네 문방구로 달려갈 정도였다. 일단 조립을 위해서는 조립도를 면밀하게 들여다 보아야 한다. 몸통과 팔이 어떤 각도로 결합되는지, 특정 무기를 비행기의 어느 부위에 접착하고 최종적으로 어 떤 모양으로 완성되는지를 알아야 한다. 이 과정은 전체 프라모델의 조립 작업에서 가장 중요하다. 일단 전체 조 립 과정을 머리에 넣어야 본격적인 조립이 가능하기 때 문이다. 그런 다음에는 각각의 부위를 프라모델의 틀에 서 떼어낸다. 팔, 다리, 권총, 소총, 군용배낭, 지뢰를 고 스란히 모아 놓은 후 하나씩 붙인다. 거기다가 전체적인 배치도 중요하다. 망원경으로 적을 살피는 병사는 진지 의 제일 앞쪽에, 엎드려서 총을 쏘는 사람은 그 주변에, 의료병이나 각종 구급약품, 식량 등은 뒤쪽에 놓아야 전 체 진지의 배치가 그럴듯해 보인다. 여기다가 좀 더 풍성 한 진지를 연출하려면 총에 맞아 실려 오는 병사나 적의 공습으로 파괴되어 널브러져 있는 건물의 파편들까지 배 치하면 정말로 그럴듯해진다. 심지어 프라모델 만드는 실력이 점점 발전했을 때에는 야외에 있는 실제 낙엽이 나 나무 조각, 자그마한 돌멩이까지 가져와서 진지 주변 에 뿌려 놓은 적도 있다. 이러면 정말 실사 장면을 그대로 가져온 것처럼 보이기도 했다.

부품을 만드는 과정

뒤돌아 생각해 보면 글쓰기는 프라모델 조립과 비슷하다. 서두라는 부품, 사례라는 부품, 나의 주장이라는 부품을 조립도에 따라서 그럴듯하게 배치하는 일이다. 여기에 누군가의 실제 경험담, 학자들의 연구 결과, 객관적인 뉴스의 팩트까지 가지고 와서 적절하게 뿌려 주면 된다.

내가 글쓰기를 프라모델 조립에 비유하는 이유는 글쓰기라는 것을 지나치게 어렵게만 생각할 필요는 없다는 점을 말하기 위해서다. 매우 간단하게 말해 보자면, '글은 단지 부품을 모으고 적절하게 접착하는 일이다'라고 여겨도 된다. 실제로 내가 한편의 글을 준비하는 과정도 비슷하다. 간단한 글이야 이런 작업을 하지는 않지만, 조금 심도 있는 글이라면 일단 소제목을 달아서 각각의 부품을 마련하는 것처럼 내용들을 모아 놓는다. 그리고 그것을 계속해서 반복적으로 훑어보면서 부족한 부품이 있다면 더 찾아내거나 기억에서 끌어내고, 충분하다 싶으면 그때 비로소 글을 써 나간다. 이러한 작업은 스스로 조립도를 만드는 일과 같다. 물론 이렇게 하더라도 중간에 부족하거나 방향이 달라질 때가 있는데, 이럴 때는 순간순간 별도의 부품을 더 모으면 그만이다. 일단 글쓰기라는 것의 형식적인 과정을 이렇게만 인식하더라도 한결 글을 대하는 태도가 한결 가벼워질 거라고 본다.

양몰이를 하는 법

글쓰기에 쉽게 접근할 수 있는 비유를 또 하나 들자면, 그것은 바로 목동이 하는 양몰이라고 할 수 있다. 방목하던 양들을 저녁에 다시 데려가기 위해서는 목동 본인의 기술과 옆에서 함께하며 돕는 양치기 개의 능숙함이 매우 중요하다. 그런데 이것보다 더 중요하면서 기본적인 것이 있다. 바로 축사가 어디 있는지를 정확하게 아는 일이다. 축사의 위치를 모르는 상태라면 아무리 양몰이를 해 봐야 그냥 이리저리 떼 지어 방황할 뿐이다.

글쓰기에서 축사의 위치를 아는 것은 곧 글의 결론을

먼저 내리고 쓰기 시작하는 일을 말한다. 이 부분은 내가 매우 강조하는 것이기도 하다. 일단 매우 선명하게 결론부터 내리고 시작하지 않으면 중간에 문장들이 이리저리 떼 지어 방황하게 된다. 그러다 보면 썼다 지웠다를 반복하면서 '글쓰기는 너무 어려워!'와 같은 한탄을 하게 된다. 하지만 일단 결론을 내리고 쓰기 시작하면 글쓰기는 양몰이에 가깝다. 계속해서 내가 가진 생각과 자료들, 그리고 결론을 번갈아 보면, 두 간극이 얼마나 가까운지 멀리 떨어져 있는지를 확인할 수 있고, 쳐내야 할 것과 지켜야 할 것을 알게 된다. 여기에서 결론이란, 독자에게 궁극적으로 전하고 싶은 메시지이며, 독자의 머릿속에 남는 단 한 줄의 문장을 말한다.

최종적으로 다시 한번 정리하자면, 글쓰기는 '생각과 자료라는 부품 모으기 – 숙성시켜 결론 내리기 – 각 부품의 접착, 명확한 결론으로의 양몰이'라고 할 수 있을 것이다.

짜임새 있는 글을 위한
가장 첫 번째 원칙

'짜임새 있는 글을 쓰라'는 이야기를 많이 들어 보았을 것이다. 그리고 이와 비슷한 많은 조언들이 있다. 서론-본론-결론을 치밀하게 쓰라든가, 혹은 원인→결과, 주장→근거, 문제→해결책을 잘 제시하라는 말도 한다. 그러나 나의 경험상 짜임새 있는 글을 쓰기 위한 가장 간단하고, 명확한 하나의 지침은 '우선 수미쌍관부터 지켜보라'는 것이다. 수미쌍관首尾雙關이라는 말은 머리와 꼬리인 수미首尾가 쌍으로 관련되어 쌍관雙關을 이룬다는 의미이다. 경우에 따라서 수미상관, 혹은 수미상응이라는 말을 쓰기도 한다.

수미쌍관은 일단 제대로 적용하게 되면, 중간 내용이

설사 길을 잃더라도, 최소한의 형식적 짜임새를 갖춘 글로 보이게 되는 매우 강력한 장치다. 따라서 수미쌍관이라는 실전 기법에 본문 내용까지 흔들리지 않고 진행되면 진정으로 짜임새 있는 글이 될 수 있다. 이를 위한 가장 확실한 방법은 서두에서 꺼냈던 단어와 문제의식을 반드시 글의 가장 마지막 부분에 재등장시키는 것이다. 좀 더 쉽게 영화를 예로 들어 보자. 영화의 첫 장면에서 주인공이 처참하고 슬프게 죽어간다고 해 보자. 그리고 영화는 갑작스럽게 장면이 바뀌어 주인공의 어린 시절 이야기라든지, 혹은 평범했던 하루로 돌아가면서 서서히 사건이 발생하거나 긴장이 고조될 것이다. 그렇다면 영화의 가장 마지막에 등장해야 할 장면은 무엇일까? 주인공이 사랑에 빠져 결혼을 하는 장면일까? 아니면 노인이 되어 오래오래 행복하게 살아가는 장면일까?

만약 정말로 이렇게 끝나는 영화가 있다면 관객에게 욕먹기 십상일 것이다. 첫 장면이 다시 소환되면서 왜 주인공이 죽어야만 했는지에 대한 이유가 제시되는 결말이 되어야 한다. 이때 관객은 '아~하!'라며 궁금증을 풀 수 있게 된다. 글도 마찬가지다. 서두에 나왔던 장면, 단어, 문장들이 반드시 마지막에 재등장하면서 애초에 제기했던 문제에 대한 해답을 주어야 한다. 짜임새는 빈틈없이 얼마나 각이 잘 맞춰져 있냐는 의미이다. 따라서 처음과 마지막을 연결시키는 수미쌍관은 매우 간단하지만 꽤나 효과가 강한 장치라고 할 수 있다.

문장을 끝낼 때 '~것이다'를
자주 쓰는 사람의 성향

오랜 시간 글쓰기를 하면서 꽤나 끈질기게 괴롭힌 문제가 바로 '것'의 사용이다. 어떨 때는 상당수의 문장이 '~것이다'로 끝나는 경우가 허다했다. 주의를 기울이지 않으면 글 곳곳에 '것이다 투성이'라고 해도 과언이 아니었다. 무의식적으로 왜 이렇게 동일한 종결어를 많이 사용하는지가 궁금했었지만, 그냥 의식적으로 주의를 기울이고 자제하면 되는 문제라고 생각해 제대로 원인을 파악해 볼 생각을 하지 않았다. 그런데 나와 매우 비슷하게 '것이다'를 많이 쓰는 한 사람을 알게 됐다. 그런데 그 사람은 심지어 국내 최고 대학의 국어국문학과 출신이었다. 과거의 나의 글을 보듯, 그의 글에는 '~것이다'가

남발되고 있었다. 그래도 국어국문학과 출신이라면 단어와 문장에 보통 예민한 사람이 아닐 텐데, 그도 그런 습관이 있다는 것은 분명 구체적인 이유가 있으리라 생각이 들지 않을 수 없었다.

몇 가지 국문학 논문을 찾아본 결과 그 이유가 분명했다. 일단 '~이다'보다 '~것이다'라고 쓰면 확정적이고 결론적인 느낌을 주게 되고, 매우 객관적이고 분석적인 문장으로 보이게 된다. 또한 문장의 리듬감도 살아난다. 예를 들어 계속해서 문장이 '~이다, ~이다, ~이다'로 끝난다고 하면 아무래도 단조로운 구석이 있다. 하지만 중간에 '~것이다'가 들어가면 리듬이 달라질 수밖에 없다.

결국 무의식적으로 쓰는 동일한 종결어에서 나의 성향이 고스란히 드러난다는 사실을 알게 됐다. 감정을 개입시키기보다는 객관적인 서술을 좋아하는 성향, 주로 분석적인 글을 쓰는 스타일, 여기에 리듬감을 계속해서 신경 쓰는 방식 때문에 결국 '~것이다'를 남발하게 됐다고 볼 수 있다. 뿐만 아니라 다수의 자기계발적 글의 경우, 결론에 이르러 작가가 강하게 자신의 주장을 펼치기 때문에 결국 '것이다'의 힘에 의존하게 된다.

이러한 사실을 알게 된 후 국문과 출신의 사람을 보니, 역시 그도 나와 비슷한 성향이 있었다. 이런 고찰은 글을 쓰는 사람이 자신의 문장을 분석하는 일에도 도움이 된다고 본다. 자신이 습관적으로 자주 쓰는 단어, 문장의 종결방식을 되돌아보고 남발을 피할 수 있기 때문이다. 다만 '~것이다'는 분명 장점이 있는 종결 방식이다. 따라서 필요한 곳에 적절하게 쓰는 습관만 들인다면 매우 도움이 될 거라 생각한다.

당신의 글쓰기는
몇 주 후에 바뀔 수 있을까?

우리는 무엇인가 새로운 시도를 할 때 그 효과가 언제 나타날지를 궁금해한다. 운동을 시작하면 그 효과가 언제 나타날지 궁금하고, 식습관을 바꾸면 언제부터 살이 빠지는지 알고 싶어 한다. 사실 이는 인간의 본능이기도 하다. 시간을 예측해서 심리적 안정감과 통제감을 확보하고 싶기 때문이다. 변화를 위한 노력을 무한정으로 한다는 것은 분명 괴로운 일임이 틀림없다.

자신의 글쓰기를 변화시키고자 하는 시도도 마찬가지다. 물론 1~2주 만에 쉽게 변한다고 생각하는 사람은 많지 않겠지만, 그렇다고 하더라도 "도대체 내 글쓰기는 언제 바뀌는 거야?"라는 의문을 품을 법하다. 물론 이런 변화의 시기에 대한 이야기는 쉽지 않다. 노력과 꾸준함의 강도에 따라서 천차만별이기 때문에 사실 대답하는 것이 별 의미가 없기도 하다. 다만 그렇다고 변화를 시도하는 모든 사람들이 궁금해하는 부분에 대해 "그건 다 네가 하기 나름이야."라고 말하고 넘어가는 것도 다소 무책임할 수 있다. 특정 분야의 전문가라면 그래도 상대방의 궁금증에 대해 다소간의 답변을 해 줄 수도 있어야 하기 때문이다.

과거 글쓰기 클리닉을 운영하면서 약 3개월 기준으로 매주 1회씩 일대일 컨설팅을 한 적이 있었다. 학생들이 일주일 동안 한 편의 글을 완성하고 수업 전에 미리 이메일로 보내 주면, 실제 만남의 자리에서 구체적으로 고쳐야 할 부분을 알려 주는 방식이었다. 이러한 컨설팅은 한 개인의 변화를 극적으로 확인할 수 있는 매우 좋은 방법이기도 하다. 그런데 당시에 매우 신기한 지점이 있었는데, 대부분의 사람들이 2개월 동안은 아무리 반복적으로 문제를 지적해도 잘 바뀌지 않는다는 점이다. 그런데 대부분 3개월에 접어들기 시작하면서 서서히 바뀌기 시작한다는 사실을 알게 됐다. 그때부터 나는 '왜 2개월 동안

은 사람들의 글쓰기가 바뀌지 않다가 신기하게도 3개월
부터 바뀔까?'가 항상 궁금했었다. 여기에 매우 과학적
인 이유가 있을 거라고 생각했다. 누군가는 2주 만에 바
뀌고 누군가는 3개월이 되어도 바뀌지 않는다면, 이는 개
별적인 요인이라고 볼 수 있다. 하지만 공통적으로 3개
월 후에 바뀐다면 이는 과학적인 요인에 의한 것이기 때
문이다.

초기에 견뎌야 할 저항의 시간

글쓰기의 변화를 보다 정확하게 말하면 '글쓰기의 습
관'이 바뀐다는 의미이다. 모두들 알고 있겠지만, 습관이
바뀌는 것은 쉽지 않다. 초기에 저항감이 매우 강하게 작
동하기 때문이다. 이러한 초기 저항감이 계속 작동되는
시간은 대체로 1개월 정도라는 연구 결과들이 있다. 시
작 후 1~2주는 강한 저항의 시기이고, 3~4주 정도가 되
면 저항이 약화되는 시기이다. 따라서 일단 뭐든 새롭게
시작하고 1개월 정도에 눈에 띄는 변화를 체감하기란 매
우 어렵다. 중요한 건 2개월째부터는 그 저항감이 극복

되고 수면 아래에서 변화가 시작된다는 점이다. 영국에서 발표된 한 논문에 따르면, 새로운 행동이 자동적인 습관으로 최종적으로 자리 잡기까지는 평균 66일이 걸렸다. 딱 2개월이 걸린 셈이다. 종합하면 초기 1개월의 저항감 극복 시기가 있고, 2개월째에 수면 아래에서 습관이 변하기 시작하고, 3개월에 들어서면 그 변화가 눈에 띄기 시작한다는 것이다.

물론 이런 결과는 노력의 방법에 따라 달라질 수 있다. 내가 컨설팅했던 사람들은 일주일에 한 편의 글을 매우 열심히 썼고, 일대일로 직접 지도를 받았기 때문에 그 자극과 습득의 강도가 컸을 것이다. PT를 받으면서 바로 옆에서 강사가 지도해 주는 것과 혼자서 유튜브나 책을 보면서 독학하는 것에 분명한 차이가 있는 것과 마찬가지다. 따라서 글쓰기에 관련된 책을 읽으면서 자신의 글쓰기를 변화시키고자 노력한다면 3개월만에 확실히 변한다고 보기는 힘들 수 있다. 그럼에도 불구하고 반복적으로 연습하고 공부하면서 초기 저항의 시기를 이겨내면 머지않아 변화할 수 있다. 처음엔 눈에 띄는 변화가 보이지 않는다고 하더라도 '나는 변화하고 있다'고 믿고

나아가면 4~5개월 정도에는 눈에 띄게 글쓰기 습관이 바

뀔 수 있을 것이다.

삶은 어떻게 글이 되고,
글은 어떻게 철학이 되는가
글쓰기를 철학하다

초판 1쇄 인쇄 2025년 12월 24일
초판 1쇄 발행 2026년 1월 9일

지은이 이남훈
펴낸이 임충진
펴낸곳 지음미디어

편집 서민서
디자인 STUDIO 보글

출판등록 제2017-000196호
전화 070-8098-6197
팩스 0504-070-6845
이메일 ziummedia7@naver.com

ISBN 979-11-93780-24-4 (03800)

값 18,500원

ⓒ 이남훈. 2026

- 잘못된 책은 바꿔드립니다.
- 이 책의 전부 또는 일부 내용을 재사용하려면 사전에
  저작권자와 지음미디어의 동의를 받아야 합니다.